それからの納棺夫日記

青木新門

法藏館

前《さき》に生《うま》れんものは後《のち》を導き、
後に生れんひとは前を訪《とぶら》へ、
連続無窮《むぐう》にして、
願はくは休止《くし》せざらしめんと欲す。

――道綽禅師『安楽集』

それからの納棺夫日記＊目次

序――『納棺夫日記』と映画「おくりびと」

映画化で原作者を辞退　3
納棺夫が伝えたかったこと　12

第一章　死の現場での体験――

親族の恥と罵られ　15
恋人の瞳　21
憎しみが涙に変わる時　25
あらゆるものが輝いて見える　27
死者の顔　30

蛆が光って見えた　34

第二章　死ぬとはどういうことか——

生と死の区別　39
十四歳の二人の少年　44
死者の顔は安らかで美しい　48
誰も死を見ていない　51
笑って死んでいく生き方　55

第三章　死者たちに導かれて——

仏教との出遇い　71

いのちの光を拠りどころに　80
不可思議な光　87
体験を通して出遇う真実　93

第四章　いのちのバトンタッチ――

光に触れた後の生き方――悟りと八正道　101
死後の世界の有無――有見と無見　110
生と死が交差する瞬間――二種の回向　115
大きな悲しみから大きな優しさへ――大悲大慈　121
臨終に立ち会う大切さ――臨終来迎　128
仏典や経典の喩え話――方便と真実　133

いのちのバトンタッチ――至心・信楽・欲生　144
今を生きている人のために――ブッダの教え　153
あとがき　163

カバー・表紙・扉画＝木下　晋
カバー・扉画「トンボ」
表　紙　画「　光　」

・引用文中における旧漢字は、常用漢字に変更した。
・出典や参考資料は巻末に列記し、次の出典のみ便宜上略記して示した。
『定本　納棺夫日記』（桂書房）　→『納棺夫日記』
『浄土真宗聖典―註釈版―』（本願寺出版社）→『聖典』
・本書には人権意識に照らして不適切と思われる表現が出てくるが、時代背景と状況を考慮しそのまま用いた。

それからの納棺夫日記

序――『納棺夫日記』と映画「おくりびと」

映画化で原作者を辞退

映画「おくりびと」が第八十一回米国アカデミー賞外国部門賞を受賞した。

二〇〇九（平成二十一）年二月二十二日の昼下がり、私はその授賞式の生放送を自宅のテレビで見ていた。壇上に上がった監督の滝田洋二郎氏が全身で喜びを表しているのに、その横に、はにかむような顔をした主演俳優の本木雅弘君が映っていた。その様子を見ながら私は、「ああ、本当に受賞してしまった！」と思った。

そう思ったのは、一か月前に本木雅弘君から「ノミネートされました」と電話があった時、私は、「アカデミー賞とれるでしょう」と軽く言ったからであった。その時彼は、「とれるとおっしゃいますけど、その根拠は何ですか」と問いかけてきた。私は面食らった。

何か答えるしかない。

「あのね、最澄の残した言葉に「一隅を照らす」というのがありますね。一隅を照らす光は普遍性があるものですよ。だから、一匹の蛆《うじ》の光は案外オスカーの光に繋がっているかもしれない」

私は思いつくまま適当なことを言った。すると彼は、「それはどういう意味ですか」と切り返してきた。彼は真面目な人間なのである。しかし真面目な人はしつこいところもある。電話を切らない。何か言うしかない。

「あなたはインドへ行かれたでしょう。インドは十一億とも十二億ともいわれる人口があって、年間八百万人ほどの死者がいます。そんな巨大なインドで、十人か二十人か知らないですけど、行き倒れの人を抱きかかえて、死を待つ家へ運び、体をきれいにして、自分の腕の中で死に往く人を看取ることをなさったのがマザー・テレサという人です。その行為はインド全体からみれば、人が気づかないほどの一隅を照らす行為だと思います。しかしそんな小さな光にノーベル平和賞が与えられるのです。そういう意味で申し上げました」と言って電話を切った。

＊

私が、本木雅弘君と交信するようになったきっかけは、一九九三（平成五）年に『納棺夫日記』を上梓して間もなくのことであった。突然電話があり、彼がインドを旅した本に『納棺夫日記』の中の一文を引用させてくれという申し出であった。快諾してしばらくしたら、『天空静座―HILL　HEAVEN―』と題された本が送られてきた。

変わった写真集であった。インド・ベナレス（ヴァーラーナスィー）のガンジス河の岸辺でいろいろなポーズをした本木雅弘君が載っていた。その写真の合間合間に、樹木希林さんや瀬戸内寂聴さんや中沢新一さんたちが短い文を寄せているといった写真集であった。

その中の一頁に、送り火を手にした上半身裸の彼の写真があり、そこに『納棺夫日記』から引用された一文が添えられてあった。それは、一人暮らしの老人が真夏に亡くなって何か月も放置され、腐乱した死体に蛆が群らがる遺体を私が納棺に行った時の文章の一部であった。

何も蛆の掃除までしなくてもいいのだが、ここで葬式を出すことになるかもしれないと、蛆を掃き集めていた。

蛆を掃き集めているうちに、一匹一匹の蛆が鮮明に見えてきた。そして蛆たちが捕まるまいと必死に逃げているのに気づいた。柱によじ登っているのまでいる。蛆も生命《いのち》なのだ。

そう思うと蛆たちが光って見えた。

——『納棺夫日記』四九〜五〇頁

インドのベナレスは、ヒンズー教の聖地中の聖地で、古代では〈光あふれる所〉を意味するカーシーと称されていた。ヒンズー教徒にとっては、ここで荼毘《だび》されて聖なる河ガンジスに遺灰を流されることを願っている。ヴァルナー川とアッスィー川が合流してガンガーに注ぐこの地で死んだ者は、輪廻から解脱できると信じられている。そのためインド各地から、多い日には百体もの遺体が運ばれてくる。またインド中からこの地に集まり、ひたすら死を待つ老人たちもいる。

聖地であるから年間何百万人もの巡礼者もやって来る。人びとは遺灰が流れる川で沐浴し、岸辺では死体を焼く煙の中を、乞食や巡礼者や子どもや犬などがうろつき、死を待つ人と聖者と牛が悠然と座っている。まさに生と死のカオス。そんな場所に立ち、当時二十代の彼が「ここでは生と死が一つになっている」と実感し、私の本の中から「蛆が光って見えた」という文を引用したことに私は驚きを覚えた。なぜなら蛆の光こそが『納棺夫日記』の重要なテーマでもあったからだ。

若いのに素晴らしい感性を持ついい俳優だなと思った。もし映画化することがあれば、本木雅弘君をおいて他にいないだろうと確信した。私は手紙にその旨を書いてエールを送った。

もちろん彼は仏教の知識はないだろう。生死一如《しょうじいちにょ》という言葉も知らないかもしれない。蛆の光から如来の光明を連想するようなこともあるはずがない。しかしインド・ベナレスで「ここでは生と死が当たり前のように繋がっている!」と実感した彼は、何かに触れたのは確かであろう。その何かわからぬ不思議な光は、彼の心をつかんで離さなかったといえる。

＊

彼は『納棺夫日記』を映画化できないかと、雑誌「ダ・ヴィンチ」(一九九九年五月号)でその思いを語っていた。あれから実現まで十年経っていた。その間紆余曲折があったことも私は知っている。知っているというより、私もその紆余曲折の一因を作っていた。

本木雅弘君が映画関係者に『納棺夫日記』の映画化を働きかけはしたものの、最初は誰も乗ってくれなかったという。しかしやがてその情熱に促されて彼の所属するプロダクションやプロデューサーが動くことになり、松竹や電通等が加わって制作委員会が設立されることとなった。私にもシナリオの初稿が送られてきた。

表題には、「仮題「納棺夫日記」」とあった。

読み始めて私はがっかりした。そのシナリオは納棺という職業に焦点が当てられて書かれていた。確かに『納棺夫日記』には納棺の現場が描かれている。しかしそれは、私にとっては目指すテーマのイントロに過ぎなかった。その後半の六割は、親鸞の思想を借りて宗教のことを書いたつもりであった。その部分が完全にカットされていた。

要するに宗教を取り上げた部分が完全に削除されていたのである。死の実相を知るということは、必然的に宗教を知ることになり、そして、人は死んだらどうなるのか、仏教のいう往生とはどういうことなのか、そのことを知った時初めて人は安心して生きていけるものだと言いたかったのであった。私には体験から学んだ確信があった。死を恐れ、死に対して嫌悪感を抱いていては死者に優しく接することなどできないということ。すなわち生死を超えて対処しなければ、納棺夫の仕事は務まらないということ。そのことを書いたつもりであった。

しかしシナリオは、火葬場のおじさんの「死は新しい出発の門だ」という言葉で終わっていた。出発した後はどうなるのかが完全にカットされていた。それで安心を得られるだろうか。人は行き先が不明だと不安を感じる。明日どうなるかわからないと、今日不安を抱えて生きることになる。そんな当然のことをないがしろにしていいのだろうかと思った。

特に私がこだわったのは最終場面であった。

少年の日に自分を捨てて行った父親が野垂れ死にし、硬直した手に石を握りしめていた。それを見て、その石は少年の日に父と遊んだ石のことを思い出させ、父も自分のことを思ってくれていたのだという親子の情愛のような次元で終わっていた。要するに近代ヨーロッパ思想のヒューマニズムの人間愛で終わっていた。しかも石文などというアニミズム時代の比喩を用いて、生と死を観念的に描いているとしか思えなかった。

私の描きたかったのは〈いのちのバトンタッチ〉であった。

そのいのちのバトンタッチは、後に体験談をあげて詳しく述べるが、生と死が交差する生死一如の現場にしかないということである。だから硬直した死体を見ても、いのちのバトンタッチにはならないのである。声を出して「ありがとう」と言えなくても、にっこり微笑んで死んで往く父親の最期にしてほしいと思った。私はその旨を制作委員会へ手紙した。

しばらくすると、プロデューサーなる男が富山までやって来た。ほぼ丸一日話し合ったが私の思いは通じなかった。

やがて本木雅弘君自身が、「一度お目にかかりたい」と富山までやって来た。私は個室をもつ小料理屋へ案内した。彼は正座したまま料理に手をつけようともしないで緊張した表情で座っていた。私はその背筋を伸ばして座る端正な姿を見ているうちに、芸能界にもなんと礼儀正しい立派な青年がいるものだと思った。

そしてこんなことにこだわる必要はないと思った。映画は映画ではないかと思った。

「本木さん、シナリオ通り作ってください。ただし、「納棺夫日記」という題を使わないでほしい。そして「原作・青木新門」というのも外してください。それさえ守っていただければ私の本からどこをどのように引用されていても、あとから文句を言うことはしませんから。映画は映画として勝手に作ったということにしてください。本は本にしておきたいので」という趣旨のことを私は話した。彼は腑に落ちないような顔であったが、やっと料理に手をつけてくれた。

そんなことがあった一年後に、本木雅弘君から一通の手紙を受け取った。手紙といっても一行だけのもので、「完成試写会がありますから観に来てください」とあって、特別招待券が一枚入っていた。私はその招待券を持って東京の有楽町まで観に行った。観終わってクレジットタイトルが出たが、どこにも原作者の名前がなかった。そして映画のタイトルは「おくりびと」となっていた。

私は、本木君が約束を守ってくれたのだなと思った。そして、それにしてもいい映画になったものだと思った。シナリオの段階では想像もできなかった。本木君にしても山崎努さんにしても俳優の演技力とは大したものだと思った。脱帽する思いで映画館を出た。

その三か月後に一般公開されるとマスコミは大きく取り上げ、カナダのモントリオールや中国の上海で賞をとり、日本の映画賞を総なめにして、やがてアカデミー賞を受賞することとなった。

私は、一九九三年から十五年の歳月を経て、幾多の困難にも諦めることなくアカデミー賞受賞作品として世に出した本木雅弘君に喝采を送った。

納棺夫が伝えたかったこと

映画「おくりびと」が評判になるにつけ、「なぜ原作者の名前が記されていないのか」とよく聞かれた。『納棺夫日記』を読んでいた人からは、原作ではないのかと問われた。私はその度にあいまいな返事をしてやりすごしてきたが、それは先にも述べたように、『納棺夫日記』が目指すところと似て非なる思想で映画が作られていたからであった。

真実は真っ向から否定されても滅びることはないが、似て非なるものによって歪曲されて消されていくのは世の常である。

私が著作権を放棄してでも原作者であることを辞退したのは、納棺の現場で死者たちに導かれるようにして出遇った仏教の真実が消されていることへの反抗でもあった。

しかし今になって思えば、眼に見えない世界を映像化して眼に見えるようにするには、方便を用いるしかないわけで、私の言い分には無理があった。無理を承知でこだわったのは過去にも同様な体験があったからだった。

私は上京すると、西新宿にあった「火の子」という飲み屋に必ず立ち寄っていた。場末の小さな店だが、著名な作家や編集者が時々顔を出す店だった。『納棺夫日記』を上梓して間もなくのころだった。一人でカウンターに座っていたら、著名な女流作家が数人の連れと一緒に入ってきて、私の横に座った。

店のママに知らされてか、その女流作家に、「あなたがあの本を書いた青木新門さん？いい本だけどなぜ宗教のことなど書いたの？　あの第三章さえなければノンフィクション大賞ものだったのに」と、突然声をかけられた。私は酒の勢いもあって、「三章を書きたいから書いたのであって、一章、二章はイントロです」とむきになって応えた。

近代文学は宗教を扱ってはいけないらしい。扱っても宗教の周辺か、人間親鸞、人間法然、人間空海など、宗教者の人間の部分を扱う程度にしておかなければいけないらしい。

そう思った時、富山県出身の芥川賞作家、堀田善衛の言葉を思い出した。

一九五六年にインドで開催された第一回アジア作家会議に出席した堀田善衛は、帰国後『インドで考えたこと』という本を出している。その中で近代文学者の立場を見事に言い当てた文章がある。

私は、小説を書いて生きている人間だが、近代小説というものは、私の考えでは、あらゆるものを相手にしていいけれども、とにかく「永遠」という奴だけは、直接、相手にしないという約束の上に成立しているものなのだ。それが出るとしても、作品の結果として行間から滲み出る、というかたちで出るべきものであろう。「永遠」などという、非歴史的な、歴史を否定するようなものは、詩と宗教の方へ行ってもらっているものの筈なのだ

なるほどそういうことか、と思った。文学ばかりではなく社会全体が、永遠というものを排除したパラダイム（時代の主流をなす思想）で成り立っているのではないのかと思った。そんな社会の潮流の中で、宗教にこだわっている自分が間違っているような思いさえするのだった。

今になって思うと、私が仏教に出遇ったのは、宗教に関心があって学んだからでもなく、誰かに教わったからでもなく、毎日死者に接しているうちに、死者たちに死の実相を教わり、死の実相を知ることによって、必然的に宗教へと導かれることになったのであった。

その体験から語ることにしたい。

第一章　死の現場での体験

親族の恥と罵られ

私が納棺の仕事に携わるようになった当時（昭和四十年代）の北陸地方では、自宅死亡がほとんどで、自宅で死者が出ると、その死体の湯灌・納棺は親族の男たちで行うのが慣わしであった。湯灌といっても湯浴みさせるわけではなく、「逆さ湯」と称する、水にお湯を足したぬるま湯に浸したタオルで死体を拭いて、死装束の白衣や経帷子《きょうかたびら》を着せ、髪や顔を整え、手を組んで数珠を持たせ、お棺に納めるまでの一連の作業である。

そんな作業を死者の兄弟や叔父や従弟たちが酒を飲んでわいわい言いながらやっていた。他人が手を出すことはなかった。葬儀社もお棺や葬具を届けるだけで決して手は出さなかった。にもかかわらず私が関わるようになったのは、お棺を届けに行った身寄りのない家で、手伝ってくれと泣くように懇願され手を貸したことがきっかけだった。そうした手伝いを繰り返すうちに、いつの間にか納棺専従社員のようになってしまい、世間では「納棺夫」と呼ばれるようになっていた。納棺夫などになろうと思ってなったわけではなかった。

「納棺夫」という言葉は、わが国の辞書にはない。ないということを知ったのは、『納棺夫日記』を上梓して間もなく、新聞社から「書評を載せようと思っているが、納棺夫という言葉が辞書にないのですが」と問い合わせがあって初めて知ったのだった。世間からそう呼ばれていたからと答えるしかなかった。今日では納棺夫でなく、納棺師という名称で社会的に通用するようになっている。

＊

納棺の仕事を始めて間もなくのことだった。疎遠になっていた分家の叔父が突然やって来て、「昨日法事があって親族全員が集まった時、お前の話が出た。店を倒産させて夜逃げでもしたのかと思っていたら、よりによって死体を扱う隠坊《おんぼう》のような仕事をしているというではないか」と切り出し、「辞めろ。東京や大阪ならともかく、こんな狭い富山でそんなことをやられたのでは、親族の者は恥ずかしくて街も歩けない。すぐ辞めろ」と異常な剣幕で怒鳴られた。

私は叔父に、なぜそこまで言われなければならないのかと反抗的な態度を示すと、「どうしても辞めないというのなら絶交だ。お前は父もいないし母もお前を置いて出て行った。本家の爺様もあの有様だ。そんなお前を不憫に思い何とか本家の長男として家を再興してほしいと思って、われわれ親族で大学へ入るまで面倒をみてきたのだ。その大学も中退し、富山市で飲み屋をやっていると聞いていたが、あろうことか穢多《えた》か非人《ひにん》のように成り下がって、お前は親族の恥さらしだ。顔も見たくない」、と罵倒するだけ罵倒して去って行った。

私は叔父の剣幕に驚いた。確かに叔父には少年時代に世話になっていた。しかしあまりにも激しく罵倒されたことが納得できなかった。「隠坊」とか「穢多」などという言葉も初めて聞いた。差別用語だそうである。

私は、死体に接することをそれほど深刻に考えていなかった。そのことは少年の日に旧満州（中国東北部。以下同）で終戦を迎え、多くの死体を見た体験や、難民収容所で死んだ弟と妹を多くの死体が積んである仮の火葬場に捨ててきたことなどが、私の原体験として強く焼きついていたからかもしれなかった。

しかし、叔父から「親族の恥」と罵倒されて間もなく、「あいつは落ちぶれて死体処理人になったらしい」という噂ばなしがあちこちから聞こえてくるようになった。そのころから私は世間体を気にするようになっていた。一度意識し始めると世間から白い目で見られているような感覚が終始つきまとい、誰とも会わなくなって隠れるような生き方になっていた。こんなはずではなかったと思った。

＊

富山県東部の黒部平野で、私で三十代となる地主の長男として生まれたが、五歳の時、父と母に連れられて旧満州へ渡った。戦後、満州から母と引き揚げて来ると、農地改革で屋敷だけになった家に祖父と祖母がいた。その祖母との折り合いが悪くて満州へ行った母は、父もいないし富山市へ出て働くという名目で家を出て行ってしまった。

私は取り残されたように祖父と祖母に育てられた。

戦後の農地改革は、祖父の立場を一変させていた。長く続いた総本家の地位も名誉も、紙屑と化した旧紙幣のようになっていた。にもかかわらず、祖父が山高帽をかぶって自転車に乗って村道を走っていると、村人はかぶっていた手拭を取って頭を下げていた。ほとんどが小作人であった村人は、裸の王様のようになった祖父の姿を、内心軽蔑していたのだろうが、少年の眼には祖父は偉い人のように映った。祖父は折に触れ、弘仁一（八一〇）年からの家系図を取り出して見せ、黒部川に翻弄されながら田畑を守り続けてきた祖先の話をして、そんな由緒ある家でお前は三十代目になると言ったりした。すると子ども心に期待に応えて家を再興しなければならないという夢を抱くようになっていた。

やがて、その夢を実現すべく、くしくも農林大臣として農地改革を推進した富山県出身の政治家、松村謙三に憧れて早稲田大学の政治経済学部へ入り、政治家を志していた。だが六〇年安保闘争の波に巻き込まれ、単位も取らずに学生運動に加わっているうちに安保が通り、挫折感と経済的困窮とで中退し、家を出て行った富山市に住む母のもとに転がり込んだ。

当時、母は富山駅前で飲み屋をやっていた。その店を手伝っているうちに、母に男がいることを知り、母と決別して自分で店を持った。

昼は喫茶店、夜はパブといった店を開き、毎日客と一緒に泥酔しながらの虚無的な日々を送っていた。

詩作を始めたのはそのころであった。詩を書いていたこともあって、詩人や絵描きや文学崩れのたまり場のような店になっていた。

やがて、たまたま店へ立ち寄られた作家の吉村昭氏と出会い、氏の推薦で同人雑誌「文学者」（丹羽文雄主幹）に短編小説「柿の炎」が載り、有頂天になって次作を書いていたら店は倒産し、生まれた娘の粉ミルクも買えなくなって、アルバイトのつもりで勤めたのが、創業間もない冠婚葬祭会社だった。その葬儀部門に勤めるうちに、気がついたら納棺専従社員になっていた。

叔父に「親族の恥」と言われても、人生を諦めてはいなかった。いつかは作家になって見返してやろうと思っていた。だが次作を吉村さんに送ったら「こんな作品を書いていては駄目」と酷評され、その上、丹羽先生が病気になられたので『文学者』も廃刊になったと知らされた。ショックだった。最後の頼みの綱が切れたような気がした。

少年の日から、没落した家を再興しなければと真剣に考えていた。しかし、経済的基盤もなく父にも母にも見捨てられた少年の夢は、はかなく崩れ去った。焦れば焦るほど何をやっても挫折を繰り返し、気がついたら納棺夫になっていた。何ゆえに世間から白い目で見られるこんな仕事をしているのだろうかと思った。誰とも会わずに隠れるように生きていることに悩んだ。辞めようと思い始めたそんな時だった。一つの事件に出遇った。

恋人の瞳

納棺夫になったことは妻には内緒にしていたが、ある日、親戚からでも聞いたのか、「そんな仕事をしていたの、辞めて」と泣きつかれた。

弁明にならない弁明をしてみたが、妻は最後に娘が小学校へ入るまでに辞めてくれと言った。小学校の先生に「お父さんのお仕事はどんな仕事ですか」と聞かれた時、娘が答えられないと困ると言うのである。

それもそうだなと思った。それよりも自分自身が卑下しながら隠れるように生きていること自体改めるべきだと思った。考えてみれば、何もこんな仕事をしなくても他にいくらでも仕事はあるような気がした。経済は高度成長期に差しかかっていた。

妻に泣きつかれた翌日、辞表を持って出社して、仕事が終わったら社長に会って辞表を出そうと思っていたその日中に一つの出来事があった。この事件がなかったら、きっと辞めていたと思う。その事件のことは『納棺夫日記』に書いたので、そのまま引用する。

今日の家は、行き先の略図を手渡された時は気づかなかったのだが、その家に通じる道に入ったところでハッと思った。その家から見えない離れたところで車を止めた。

東京から富山へ戻り最初に付き合っていた恋人の家であった。

十年経っていた。瞳の澄んだ娘だった。コンサートや美術展など一緒によく行った。父がうるさいからと午後十時には、この家まで度々送ってきたものだった。別れ際にキスしようとすると、父に会ってくれたら、と言って拒絶したこともあった。高校時代から恋人ができたら必ず紹介すると父と約束したのだと言った。彼女はその父との約束を頑なに守ろうとしていた。だからそれからも、父に会ってくれと何回か誘われたが、結局会うことなく終わってしまった。

しかし醜い別れ方ではなかった。横浜へ嫁いだと風の便りに聞いていた。

玄関の前を行ったり来たりしながらこのまま逃げ帰ろうかと思ったが、まだ横浜から来ていないかもしれないと思い、意を決して入っていった。

本人は見当たらなかった。ほっとして湯灌を始めた。もう相当の数をこなし、誰が見てもプロと思うほど手際よくなっていた。しかし汗だけは、最初の時と同様に、死体に向かって作業を始めた途端に出てくる。

額の汗が落ちそうになったので、袖で額を拭こうとした時だった。いつの間に横に座っていたのか、額を拭いてくれる女《ひと》がいた。

澄んだ大きな目一杯に涙を溜めた彼女であった。作業が終わるまで横に座って、父親の顔をなでたり、私の顔の汗を拭いたりしていた。

退去するとき、彼女の弟らしい喪主が両手をついて丁寧に礼を言った。その後ろに立ったままの彼女の目が、何かいっぱい語りかけているように思えてならなかった。車に乗ってからも、涙を溜めた驚きの目が脳裏から離れなかった。

あれだけ父に会ってくれと懇願した彼女である。きっとお父さんを愛していたのだろうし、愛されていたのであろう。その父の死の悲しみの中で、その遺体を湯灌する私を見た驚きは、察するに余りある。

しかし、その驚きや涙の奥に、何かがあった。私の横に寄り添うように座って汗を拭き続けた行為も、普通の次元の行為ではない。彼女の夫も親族もみんな見ている中での行為である。

軽蔑や哀れみや同情など微塵もない、男と女の関係をも超えた、何かを感じた。私の全存在がありのまま丸ごと認められたように思えた。そう思うとうれしくなった。

この仕事をこのまま続けていけそうな気がした。

——『納棺夫日記』二三～二五頁

人は生きている限り、いろいろな困難に直面することがある。しかしにっちもさっちもいかなくなった時でも、何かに丸ごと認められれば生きていけるのではないだろうか。

マザー・テレサは、「この世で最大の不幸は、貧しさや病ではありません。誰からも自分を必要とされていないと感じることです」という言葉を残したが、妻や親戚や友人、そして地域社会からも白い目で見られていた自分にとって、丸ごと認めてくれたような恋人の瞳は救いだった。とにかく丸ごと認められたように思った時から心が変わっていた。

心が変われば行動が変わる。

翌日、医療機器店へ出向き外科手術用の白衣を買ってきた。それまで納棺の時は埃まみれの黒い服を着て嫌々行っていたのを、どうせやるならと服装も言葉遣いも礼儀・礼節にも気を遣い、医師のような白衣姿で真摯に湯灌・納棺に携わるようにした。

人の行為は不思議である。結果として同じことをやっていても、目の前のことを真摯に行うのとコンプレックスを抱いて嫌々行うのとでは、雲泥の差ほど社会的評価が違ってくることを知った。

親族の人たちがわざと汚い服を身に着け、酒を飲んでわいわい騒ぎながらやっていた時代であった。あえて処分してもよいような着物を着るのは、納棺が終わるとまとめて村の火葬場まで運んで焼くのが慣わしだったからだ。そんな風習の中で清潔な白衣を着ての納棺は評判を呼び、対応できないほどの依頼が来るようになった。

あれほど辞めようかと思っていたのに、恋人の瞳に出遇って、思い直して納棺の仕事を続けていくことになったのであった。

憎しみが涙に変わる時

ある日、東京の伯母から突然電話があった。大学へ入学して伯母の家に一年ほど世話になっていたが、学生運動などするのなら出て行ってと言われ、私もこんなブルジョア（上流資本階級）の家に住めるかと飛び出してから疎遠になっていた伯母だった。

電話の内容は、「親族の恥」といった叔父が末期癌で入院したという。

「あなたは近くにいながら見舞いにも行っていないの？　あきれたものね。さんざん迷感をかけていながら」と頭から侮蔑的な言い方だった。

私は「ざまあみろ」と思っただけで見舞いに行かなかった。「親族の恥」と罵倒されてから、死ねばいいと思うほど憎しみを抱いていた。

しかし数日後、今度は母から、「今日見舞いに行ったら、意識不明の危篤で、今晩か明朝が峠だって。あなたはお世話になったのだから、今日中に顔を出してあげて」と言う。

気が重かったが、行こうと思った。母の泣くような声で行こうと思ったのではなかった。意識不明なら行ってやろうと思ったのだ。あれほど強く納棺夫の仕事を辞めろと言われたのに、まだやっているわけだし、叔父の価値観はわかっていた。家柄、地位、名誉、出世だった。しかし「意識不明」なら行ってやろうと思った。少年時代に育ててもらったことなど微塵も恩に感じていなかった。「親族の恥」と罵られた憎しみだけが頭にあった。

身構えて病院の個室をノックすると、叔母が顔を出し、「よく来てくださった」と喜び、「さっきまで意識がなかったが、今意識を取り戻している」と言った。私は一瞬戸惑ったが、叔母に促されるままベッドの側へ進んだ。酸素吸入器をつけた叔父は眠っているような感じだったが、叔母が、私が来たことを告げると、震える手を上に伸ばそうとした。私はその手を握って叔母が用意してくれた椅子に座った。叔父の口がかすかに動いている。

何か言おうとしているらしかった。そのことを叔母に伝えると、叔母は酸素吸入器を外して、耳を近づけた。叔父の顔は、私を罵倒した時の顔とまったく違う顔であった。安らかな柔和な顔であった。目尻から涙が流れていた。叔父の手が私の手を少し強く握ったように思えた時、「ありがとう」と聞こえた。「ありがとう」と聞こえた瞬間、私の目から涙があふれ、「叔父さん、すみません」と両手で叔父の手を握って土下座していた。

その後も叔父は「ありがとう」を繰り返していた。その顔は安らかで美しかった。私の心から憎しみが消え、ただ恥ずかしさだけが込み上げてきて涙がとめどなく流れた。泣きながら帰ると、叔母から電話があった。私が病室を出て間もなく、叔父は息を引き取ったとの知らせであった。

あらゆるものが輝いて見える

叔父の葬式の二、三日後のことだった。

以前親しくしていた文学仲間の住職から、『ありがとうみなさん』と題された本が送られてきた。富山県砺波市の井村和清という三十二歳で亡くなった医師の闘病日記が、遺族らによって自費出版されたものだった。後に、『飛鳥へ、まだ見ぬ子へ—若き医師が死の直前まで綴った愛の手記—』と改題され祥伝社より出版されている。

何気なく読み始めて、気がつくと正座して読んでいた。読み進むうちに涙で読めなくなった。井村先生が癌の手術をして、後日、検査に出向いた時の場面である。

覚悟はしていたものの、一瞬背中が凍《こお》りました。転移です。……しかもその転移巣は単一ではなく、両中下肺野にかけて貨幣状陰影《コイン・リージョン》が散在しているのです。……レントゲン室を出るとき、私は心に決めていました。……歩ける限り、自分の足で歩いていこう。そう考えていました。

その夕刻。自分のアパートの駐車場に車をとめながら、私は不思議な光景を見ていました。世の中が輝いてみえるのです。スーパーに来る買い物客が輝いている。走りまわる子供たちが輝いている。犬が、垂れはじめた稲穂が雑草が、電柱が、小石までが美しく輝いてみえるのです。アパートへ戻って見た妻もまた、手を合わせたいほど尊《とうと》くみえたのでした。

この文を読んでいるうちに、私は叔父の顔を思い出していた。あの叔父の安らかな清らかな顔の内面が、この文面に顕れているような気がした。叔父はあの時、井村医師同様、叔母も私も病院の窓も花瓶も、みんな輝いて見えていたのではないだろうかと思うのだった。

生と死が限りなく近づくか、生者が死を百パーセント受け入れた時、あらゆるものが差別なく輝いて見える瞬間があるのではないだろうか。しかしそんな世界は、われわれ生者には見ることはできない。できないが、たとえば、空にジェット機が見えなくても、ジェット雲があれば、少し前にジェット機が飛んでいたはずである。私は叔父の柔和な顔をジェット雲のようにとらえ、叔父も井村医師が体感したあらゆるものが輝いて見える世界にいたに違いないと思うのだった。そうとしか考えられなかった。

後から叔母から聞いたのだが、叔父の死期が近いと思って叔母は、私にだけ連絡してなかったことが気になり連絡しようかと言ったら、叔父は、「あんな親族の恥さらし」と言ったのでしなかったという。それは私が訪れた前日のことだった。そんな叔父が、私が身構えて訪れた時、震える手を出し、柔和な顔で「ありがとう」と言った。叔父も井村医師のように、病室の窓も花瓶も叔母も、納棺夫に成り下がった私をも差別なく輝いて見えていたのではないだろうか。
生と死が限りなく近づくのも、死を受け入れるのも、生と死が交差する一瞬の出来事である。この一瞬に死の実相が顕れるのではないだろうかと思った。そして、〈死とは何か〉の答えがここにあるような気がした。

死者の顔

「死とは何か」「人は死んだらどうなるのだろうか」などと真剣に考えながら毎日死者に接していたある日、宮沢賢治の不思議な詩に出遇った。「眼にて云ふ」と題された詩である。

だめでせう
とまりませんな
がぶがぶ湧いてゐるですからな

ゆうべからねむらず血も出つづけなもんですから
そこらは青くしんしんとして
どうも間もなく死にさうです
けれどもなんといい風でせう
もう清明《せいめい》が近いので
あんなに青ぞらからもりあがって湧くやうに
きれいな風が来るですな
もみぢの嫩芽《わかめ》と毛のやうな花に
秋草のやうな波をたて
焼痕《やけあと》のある藺草のむしろも青いです
あなたは医学会のお帰りか何かは判りませんが
黒いフロックコートを召して
こんなに本気にいろいろ手あてもしていただけば
これで死んでもまづは文句もありません
血がでてゐるにかかはらず

こんなにのんきで苦しくないのは
魂魄《こんぱく》なかばからだをはなれたのですかな
ただどうも血のために
それを云へないがひどいです
あなたの方から見たらずゐぶんさんたんたるけしきでせうが
わたくしから見えるのは
やっぱりきれいな青ぞらと
すきとほった風ばかりです

この詩は宮沢賢治が、一時仏教の戒律に従って動物性食品を一切摂らなかったため、壊血病となり歯から出血して四十度の熱の中での作品である。話すこともペンを持って書くこともできなかったので、「眼にて云ふ」と題された賢治の臨死体験の作品と言ってもいい。ここにみる賢治の視点は、病床にある肉体に視点はなく、肉体から離れた宙にあって、医者や自分の様子が見えるくらいのところにある。そして苦しみもない、きれいな青空が見えるところでもある。

惨憺たる景色を見ているのは生者たちであって、死に往く人は〈きれいな青空とすきとおった風〉の中にいる。「死とは何か」とか「人は死んだらどうなるのだろうか」などと言っているのは、惨憺たるこの世にいる人間の愚痴にすぎないように思うのだった。

私は、この賢治の詩を井村医師が見た光景や叔父が見ていたであろう世界と重ねながら、死の実相は生と死が交差する生死一如の瞬間にしかその真実は顕れないと確信するようになった。

以来私は、納棺をしていても、死者の顔ばかり気にするようになっていた。今まで毎日死者に接していながら、死者の顔を見ているようで見ていなかったように思った。人は嫌なもの、嫌いなものは、なるべく見ないようにして過ごしている。きっと私も本能的にそうした態度で死者に接していたようであった。

死者の顔を気にしながら毎日死者に接しているうちに、死者の顔のほとんどが安らかな顔をしているのに気づいた。特に息を引き取って間もなくの顔は、半眼の仏像とそっくりだと思った。中には柔和な顔に微光が漂っているようにさえ感じたこともあった。

蛆が光って見えた

叔父の死と井村医師の本に出遇って一週間も経たない日に、私自身が不思議な体験をすることになった。そのことも『納棺夫日記』から引用する。

今日も異常な現場に出遭った。

警察から、お棺を持ってきてくれ、との連絡を受けて出向くと、古い平屋の一軒家の前に、警察官や近所の人が群がっていた。

玄関や窓が開けっ放しになっている。

どうしたのかと聞くと、ひどい死体で中へ入れないのだという。一人暮らしの老人が死んで、何ヶ月も経っているのだという。

開けられた窓から覗いてみた。物置のような部屋の真ん中に布団が敷いてある。その中に死体があるらしい。

目の錯覚のせいか、少し盛り上がった布団が動いたような気がした。それよりも、部屋の中に豆をばらまいたように見える白いものが気になった。よく見ると蛆《うじ》だとわかった。蛆虫が布団の中から出てきて、部屋中に広がり、廊下まで出てきている。

横にいた警察官に「どうします?」と言ったら、どうしよう、という顔をした。なんとかして、お棺に入れてくれという。

とにかく蛆をなんとかしないと近づけない。近所の人が用意してくれた箒や塵取りで、まず玄関から廊下にかけての蛆を箒で寄せては塵取りで取った。布団の横にお棺を置ける状態にするまでに一時間ほどかかった。

お棺を置き、布団をはぐった瞬間、ぞっとした。無数の蛆が肋骨の中で蠢いていたのである。

若い警察官と布団の端を持って、お棺の中へ流し込んだ。棺が医科大学の法解剖室へ向かった後も、蛆を箒で取っていた。

蛆だけになったら、近所のおばさんが箒と塵取りを持ってきて、手伝い始めた。そして隣に住んでいながら気づかなかったことを一生懸命に弁明していた。以前病院へ入院していたことがあったので、また入院しているのかと思っていたとか、東京に養子の息子がいるはずで、そこへでも行っているのかと思っていたとか言いながら、蛆を取っていた。
何も蛆の掃除までしなくてもいいのだが、ここで葬式を出すことになるかもしれないと、蛆を掃き集めていた。
蛆を掃き集めているうちに、一匹一匹の蛆が鮮明に見えてきた。そして蛆たちが捕まるまいと必死に逃げているのに気づいた。柱によじ登っているのまでいる。蛆も生命《いのち》なのだ。

そう思うと蛆たちが光って見えた。

——『納棺夫日記』四八～五〇頁

この不思議な体験は私に転機をもたらした。死体に対して嫌だなと思う気持ちがなくなって、死者をいとおしく思う気持ちが強くなっていた。後に親鸞の『教行信証』「行巻」に引用されている次の句に出遇って、納棺の仕事に対する考えが変わった。

諸天《しょてん》・人民《にんみん》・蜎飛《けんぴ》・蠕動《ねんどう》の類《たぐい》、わが名字《みょうじ》を聞きて慈心《じしん》せざるはなけん。歓喜踊躍《かんぎゆやく》せんもの、みなわが国に来生《らいしょう》せしめ、この願を得ていまし作仏《さぶつ》せん。この願を得ずは、つひに作仏せじ

——『聖典』一四三頁

「蛸飛」とは飛びまわる羽虫のことで、「蠕動」とは蛆虫のことである。蛆虫も人間と等しく扱われている。生きとし生けるものすべてが〈いのちの光〉に出遇えば、浄土に生まれると説かれている。私はうれしくなった。なぜなら蛆の掃除をしていた時、「蛆もいのちだ」と思った瞬間、蛆が光って見えたことを思い出したからだった。「そうか、いのちの光の前には人間も蛆虫も隔てがないのだ！」。そう思うと、叔父に穢多か非人と揶揄され蛆虫より劣ると卑下していた私は、救われる思いがした。

なんだか目の前が明るくなったような気がした。そして、なぜあんなに悩み苦しんでいたのだろうかと思った。跡形もなくなった旧家の出自にこだわり、最初から金も地位も名誉もないのに世間体を気にして、父を恨み、母を恨み、社会を恨んで生きていた。なんと愚かなことだったのだろうかと思った。

とらわれの心で生きてきたのだ。自然《じねん》（ありのまま）に生きることを知らなかったのだ。今、裸で誕生したと思えばいいのだ！　しかも、あらゆるものが輝いて見える美しい世界に、今生まれたのだと思えばいいのだ！

そう思うとうれしくなった。

水平社宣言に「エタ（穢多）である事を誇り得る時が来たのだ」という文言があるが、

蛆だって光って見えることがあるのだと気づいてからは、卑下することなく自信をもって納棺の仕事ができるようになっていた。

第二章　死ぬとはどういうことか

生と死の区別

元来、原生生物には死はないと言われている。単純な細胞分裂によって増殖し、その過程で一切の死骸に相当するものを残さないそうである。そのほうが自然の摂理にかなっているのであって、高等生物の自然死は、有機体が複雑に進化して不完全な統合しかできなくなって引き起こされる付帯現象であるという。要するに、死骸が残るということは、有機体が複雑になったがゆえに生じる不完全さの結果であるというわけである。

また、人間以外の動物は言葉を有しないから死という概念も持っていないわけで、死の直前まで死に対する恐怖はないのだという。それに反して人間は言葉を持ち死という概念を有したため、その概念に怯えながら生きている。

本来、自然界は生死一如であったものを、感性的に五感で認識していた原始時代は生と死の区別があいまいであった。しかし理性的になるにしたがって、生と死を完全に分けて思考するようになってしまったと言えよう。その結果、「生と死を考える」とか、「死を見つめると生がわかる」とか、日ごろわれわれは何気なく使っている。仏教は、道元が〈生から死へうつるとこころうるは、これあやまりなり〉と言うように、生死一如が真実の姿であるとしてきた。しかし今日では、生と死を分けて思考するようになっている。

科学的合理思考は分けて考える最たるものだが、分けて考えるとかえってわからなくなることがこの世にはある。

そんなことを考えていた時、小学四年生のこんな詩に出遇った。

ぼくは今日学校の帰りに
トンボをつかまえて家へ帰ったら
お母さんがかわいそうだから
はなしてあげなさいと言った
ぼくはトンボをはなしてやった

トンボはうれしそうに空高く飛んでいった
それから台所へ行くと
お母さんがほうきでゴキブリをたたき殺していた
トンボもゴキブリも昆虫なのに

少年の思考には差別はない。しかしお母さんは、トンボはかわいそうだと言いながら、ゴキブリは叩き殺す。人間にとって都合のよいものはかわいそうと思うが、都合の悪いものは叩き殺しても心に痛みも感じない。

科学的合理主義の欠陥は、分けて思考する癖がつくことではないだろうか。丸ごと認める力がなくなってしまうのである。

今日のわが国の社会は、ヨーロッパ近代思想のヒューマニズムを基盤とした科学的合理思想で構築されたパラダイム（時代の支配的な潮流）で成り立っている。ヒューマニズムを日本語に訳すと「人間中心主義」ということである。そこには、人間に都合のよいものは大切にするが、人間にとって都合の悪いものは切り捨てていく思想がある。人間に都合のよいものは善とみなし、都合の悪いものは悪とみなす。特に顕著なのは生と死に関して言えると思う。以前は生と死をあいまいにしていたわが国の人びとも、今日では生と死を完全に分けて思考するようになっている。

生に絶対の価値を置く経済至上主義が高度成長の果てにバブルとなって崩壊した時、それまで埋もれていた詩人の詩が表に現れた。

朝焼小焼だ
大漁だ
大羽鰮《おほばいわし》の
大漁だ。

浜は祭りの
やうだけど
海のなかでは
何万の
鰮のとむらひ

するだろう。

これは大正末期に彗星のように現れた童謡詩人、金子みすゞの「大漁」と題された詩である。われわれは一時、祭りのような経済活動を行ってきた。毎日祭りのような活況を呈していないと生きている心地がしないような生活をしてきた。その裏に鰮の死があることなど考えようともしなかった。しかしこの詩にみられるように、みすゞの目は生と死を同時に見ている。

宮沢賢治にもそうした複眼の視座があった。こうした生と死を同時に見る視座は、生死一如を説く仏教思想からしか生まれない。

生と死を分けて思考し、生にのみ価値を置き死を隠蔽する社会は、真実の世界と異なっているわけだから、差別やいじめといった歪んだ思想や行動を生んでいくのは必然と言えるかもしれない。

十四歳の二人の少年

一九九七（平成九）年に「酒鬼薔薇聖斗」と名乗る少年による神戸連続児童殺傷事件があった。近所の子どもの首を刎ねて自分が通う中学校の校門に置いたという事件で、国中を震撼させた大事件だった。その少年は間もなく逮捕され、その供述調書が「文芸春秋」（一九九八年三月特別号）に載った。その中で、調査官に「君はなぜ人を殺そうなどと思ったのか」と聞かれ、少年は次のように答えている。

何故、僕が人間の死に対して、この様に興味を持ったかということについて話しますが、僕自身、家族のことは、別に何とも思っていないものの、僕にとってお祖母ちゃんだけは大事な存在でした。
ところが、僕が小学生の頃に、そのお祖母ちゃんが死んでしまったのです。
僕からお祖母ちゃんを奪い取ったものは
死

というものであり、僕にとって、死とは一体何なのかという疑問が湧いてきたのです。

そのため、「死とは何か」ということをどうしても知りたくなり、別の機会で話したように、最初は、ナメクジやカエルを殺したり、その後は猫を殺したりしていたものの、猫を殺すのに飽きて、中学校に入った頃からは、人間の死に興味が出てきて、人間はどうやったら死ぬのか、死んでいく時の様子はどうなのか、殺している時の気持ちはどうなのか、といったことを頭のなかで妄想するようになっていったのです。


少年の供述である。これがあの事件の根っこにある動機だとしたら、大人社会が死を隠蔽し、死の現場を少年たちに見せることもしないばかりか、死についての話を語ることもしないで、すなわち悲しみや苦しみをさせまい、与えまいと育ててきたことに原因があるように思えてくる。子どもの起こす事件のほとんどは大人社会の反映なのである。

わかりやすくするために対照的な事例をあげよう。

北九州の寺へ招かれて出向いた時のことだった。帰りに一冊の冊子をいただいた。住職の縁者の臨終の場に立ち会った十七人の親族が追悼の言葉を寄せた冊子であった。その中に神戸の殺傷事件の少年と同年齢の十四歳のお孫さんの文があった。

ぼくはおじいちゃんからいろいろなことを教えてもらいました。特に大切なことを教えてもらったのは亡くなる前の三日間でした。今まで、テレビなどで人が死ぬと、周りの人が泣いているのをみて、何でそこまで悲しいのだろうかと思っていました。しかしいざ自分のおじいちゃんが亡くなろうとしているところに側にいて、ぼくはとてもさびしく、悲しく、つらくて涙が止まりませんでした。その時、おじいちゃんはぼくに人の命の重さ、尊さを教えて下さったような気がしました。（中略）

最後に、どうしても忘れられないことがあります。それはおじいちゃんの顔です。遺体の笑顔です。とてもおおらかな笑顔でした。いつまでもぼくを見守ってくれることを約束して下さっているような笑顔でした。おじいちゃん、ありがとうございました。

私がこの二人の十四歳の少年を取り上げたのは、二人に根本的な立場の違いがあることを言いたかったからである。根本的と言っても実に単純な違いである。九州の少年は祖父の臨終の場に立ち会っていたということ、神戸の少年は祖母の死に立ち会っていなかったという違い。立ち会った少年は死を五感で認識しているのに対して、立ち会わなかった少年は死を頭（観念）で考えているということである。

この二人の少年の違いは重大といえる。九州の少年は、祖父が死んで往く様子を見た時、「おじいちゃんはぼくに人の命の重さ、尊さを教えて下さったような気がしました」と言って、どうしても忘れられないのは「おじいちゃんの顔です。遺体の笑顔です。とてもおおらかな笑顔でした。いつまでもぼくを見守ってくれることを約束して下さっているような笑顔でした」と言っている。

このことは臨終の現場にいたから出てくる言葉だと思う。二、三日経って葬式会館に安置されたお棺の中を覗いても笑顔は見られない。硬直して変化した冷たい死顔があるだけである。

しかし、神戸の少年は祖母の死の臨終の現場に立ち会っていなかった。彼は共働きで忙しくしている父母の代わりに、祖母に育てられた少年だった。その祖母だけを信頼するようになっていた。彼にとって大事な存在であった祖母の臨終の場に、立ち会っていなかったのである。そのため彼は、大事な祖母を奪っていった死とは何かと頭で考えるようになる。彼は頭のいい子だった。やがて「死とは何か」と、理科の実験のようなことを始める。そして人体実験にまで至るのだった。まさに科学的合理思考が身についた、現代の少年の典型と言ってもいいかもしれない。

死者の顔は安らかで美しい

少年たちばかりではない。現代の知識人や作家と言われる人でも、死に関しては、死の現場を見ないで頭で死を考える傾向がある。

たとえば、『清貧の思想』などを書いた作家の中野孝次なども、「死顔など、どうせろくなものでないから、人に見せるな」と妻に遺言している。妻の秀さんは遺言通り、誰にも見せなかった。しかし後日雑誌に、「あんないい顔していたのだから、みんなに見てもらいたかった」と書いていた。

また、作家の吉村昭も「死顔は他人に見せるな」と言い残している。

私が文学を志したきっかけは吉村氏との出遇いであった。だから感謝しているし作家としては尊敬している。しかしその死のとらえ方はいかがなものかと思ってしまう。

舌癌から膵臓に転移して入院中、病院から抜け出すようにして推敲を重ねた作品が「死顔」という遺作であった。死顔という題に興味を抱き早速読んでみたら、次兄の臨終にも立ち会わず、その死顔を見ていないで書いておられることがわかった。

その文には、「死顔は、死とともに消滅し、遺影だけが残される。斎場では、弟として次兄の棺の中に花を置かねばならないが、その死顔に眼を向けることはしたくない、と思っていた」とあって、偶然重なった出版社の役員の葬式に参列するため、妻を残して斎場での別れもしないで退出している。帰宅してから妻に次兄の死顔についてたずねる場面がある。「おだやかな死顔で、少し笑みを浮かべているように見えました」と妻が答えたのに対して、「死後硬直がとけて筋肉がゆるみ、それが笑みをふくんだような顔にしていたのであろう」と書かれていた。

私は、吉村昭ともあろう人がと失望した。足で書く作家と言われ、現地を訪れて徹底した資料集めをされた吉村氏も、生と死が交差する死の瞬間の現場まで足を踏み入れておられなかったことを知った。

中野孝次や吉村昭が「死顔など、ろくなものでない」と思うのは、時間が二時間以上経過した硬直が進んだ死顔しか見たことがなかったのではなかろうか。死後の人体は、筋肉への酸素の供給が絶たれると種々の化学的変化が生じ、乳酸が生成され筋肉が硬くなる状態になるのだと解剖学の教授から聞いたことがある。

死後硬直の進展は人によって時間差があるが、通常は二時間程度の経過で徐々に脳から内臓、顎や首から硬直が始まり、半日程度で全身に及ぶという。そして二日（四十時間）程度で硬直が緩み始め、九十時間程度で完全に緩み、後は腐乱へと向かうのだという。この硬直が始まる前の二時間以内に死者の顔を見た人と硬直した顔を見た人の、死に対するイメージがまったく異なるということである。

ローマ時代の哲学者セネカの格言に「死自体よりも死の随伴物が人を怖れさす」という言葉があるが、まさにその通りで、死後の時間が経過した硬直化した状態の死体を見て死のイメージを抱く人は多い。

インパール作戦の生き残りの方からこんな話を聞いたことがある。傷ついた戦友を抱えて敗走していた途中、戦友は道端に座り込み「もういいから、君は生き延びてくれ」と言ったという。「何を言っているのだ。一緒に日本へ帰ろう」と励ましたが、最後は手で「行け、行け」という仕草をして、息を引き取ったという。その時の優しく微笑んでいるような戦友の顔が今も忘れられないと言っておられた。われわれは、後にイギリス兵によって撮影された戦場に転がる日本兵の悲惨な死体の写真などを見て、死に恐怖を抱いているのが常である。セネカの格言にある、死の随伴物を見て恐れているのである。

人はどんな死に方をしても、死の瞬間は柔和な顔をしている。安らかな美しい顔をしている。それから硬直が始まるのである。大事なのは、息を引き取る瞬間から硬直するまでの間に立ち会うことなのである。臨終の現場で、五感で死を受け止めることなのである。たとえば、芥川龍之介のデスマスクがあるが、あれは硬直した顔から作成したものであって、どう見ても安らかな顔には見えない。しかし死の瞬間に立ち会った芥川家の女中さんの日記が残っている。「永らくお側でお仕えさせていただきましたが、あんなにお優しく美しいお顔を見たのは初めてでした」とある。

私は死の実相は、死の瞬間にあると確信するようになっていた。

誰も死を見ていない

昔、私の故郷の村などでは、親の死に目にも立ち会わない息子は村八分のように非難されたものだった。しかし今では同じ村でも、仕事が忙しいのだろう、葬式に間に合えばいいよ、と寛容になっている。

核家族化や職業の広域化や高度医療の進化などで臨終の場に立ち会える機会が失われているのも事実であるが、最近では立ち会わなくてもいいと思っている人が増えている。

私は『納棺夫日記』に、「〈死〉は医者が見つめ、〈死体〉は葬儀屋が見つめ、〈死者〉は愛する人が見つめ、僧侶は、死も、死体も、死者も、なるべく見ないようにしてお布施を数えている」（二二〇頁）と辛辣なことを書いた。

しかし、岐阜県の山間にある寺へ講演に出向いた時だった。講演を終えて控え室にいると立派な紳士が入ってこられ、

「実は自分は医者でして、東京の大学病院に三十年勤めていました。その病院の教授や先輩たちから、医師は人の命を一分でも一秒でも延命させるのが使命であると教わってきました。ですから私もその使命感で勤めてまいりました。ところがある時、身寄りのない老婆を担当しました。二、三日前から口もきかなくなり、もう死期が近いのかと私はモニターを見ていました。その時、その老婆が何か言ったような気がしたので振り向こうとした次の瞬間、「先生、こっち見て」と言ったのです。私が振り向くと、にっこり微笑んで息を引き取りました。私は頭を殴られたようなショックを受けました。今まで医学の知識

で患者を対象化して診ていたのです。人間を人間として丸ごと見ることはしていなかったと思いました。二、三か月思案した末、大学病院を辞職して、今この町で在宅介護の往診医をしています。あなたの話を聞いて共感したので……」と話された。

私は話を聞きながら、立派な先生もおられるものだと思うとともに、悲しい気持ちになった。医者くらいは死の瞬間を見ていると思っていたが、医者も見ていなかったということである。医者はモニターを見ていた。

死に直面した患者にとって病院は、冷たい機器の中で死と対峙するようにセットされる。そして結局は死におびえながら一人孤独に死を迎えることになる。誰か側にいる場合でも、生に価値を置き、死を悪とみなす思想の人たちは「がんばって」と繰り返すばかりである。

癌の末期医療に関するシンポジウムか何かだったと思うが、国立がんセンターの麻酔科の医師が発言した言葉だけを覚えている。

ある患者が、「がんばって」と看護師に言われる度に苦痛に満ちた顔をしているのに気づき、痛み止めの注射をした後「私も後から参りますから」と言ったら、その患者は初めてにっこり笑って、その後、顔相まで変わったという話だった。

こんな先生は滅多にいないわけで、集中治療室へ入れられれば、面会も許されないから

「がんばって」もないが、無数のゴム管やコードの機器や計器に繋がれ、死を受け入れて宮沢賢治の詩にあるような「きれいな青ぞらとすきとほった風」の世界に彷徨しようとすると、ナースセンターの監視計器にキャッチされ、バタバタと走ってきた看護師や医師によって、注射を打たれたり、頬をばたばた叩かれたりするのである。せっかく楽しく見ていたテレビ画面のチャンネルを無断で変えられるようなものである。

生命を救うという大義名分に支えられた〈生〉の思想が、現代医学をわがもの顔ではびこらせ、過去に人間が最も大切にしていたものをも、その死の瞬間においてさえ奪い去って行こうとする。

世界的ベストセラーとなった『死の瞬間』という本を著したアメリカの精神科医キューブラー・ロスは、多くの臨終の場に立ち会った経験から、「末期患者が最も安心するのは、何らかの方法で死を克服した人が患者の側にいることである」と言っている。

ということになれば、死の不安におののく末期患者に安心を与えることができるのは、その患者より死に近いところに立たない限り、役にたたないことになる。たとえ善意の優しい言葉であっても、末期患者にはかえって負担になる場合が多い。

末期患者には、激励は酷で、善意は悲しい。説法も言葉もいらない。きれいな青空のような瞳をした、透き通った風のような人が側にいればよいのではないだろうか。

今日、肉親の臨終の場に立ち会わない人が多くなっている。そのことが命を軽視する思想を生むことになるのではないだろうか。

前述した祖父の臨終に立ち会った少年のように、「おじいちゃんはぼくに人の命の重さ、尊さを教えて下さったような気がしました」と感応する少年がいなくなるのではないだろうか。

笑って死んでいく生き方

私は他殺も自殺も命を軽視するという意味では変わりないと思っている。自殺と他殺を加えると、日露戦争の戦死者より多い死者が毎年発生している。わが国の人口対比自殺率が世界のトップクラスとなって十数年も続いている。

わが国の近代の作家や知識人に自殺が多いのも、死の実相を知ることなく、頭（観念）で死を考えているからではないだろうかと思う。

たとえば、太宰治も有島武郎も芥川龍之介も川端康成も三島由紀夫も江藤淳も自殺であった。死に様は生き様だとよく言われるが、才能と人格は違うのだろうかと思わせるような死に様である。作家だからとか、著名人であるからと、死は特別扱いにされるものではない。また、いかなる弁明を並べられても、社会に大きな影響を与える知識人の自殺を容認することはできない。著名な作家たちに見られる自殺は、小説（フィクション）という己が築いてきた虚構世界の価値観の正当性を維持できなくなって死を選んだのではないかと思わせるものもある。自殺の動機に、己の意思が働いているように思えてならない。

しかしそれに反して、人間社会の軋轢に翻弄されて自殺へと追いやられる一般の人の自殺は、同情せざるを得ない。特に子どもの自殺は、悲しい。大人たちが生存競争を生き抜くためにはこうあるべきだと押しつける価値観と、生来備わった自然《じねん》（ありのまま）の価値観との狭間で、錐もみ状に翻弄されて、何が何だかよくわからぬうちに死へ追い込まれてしまうのではないかと思えてならない。

そんな社会にあっても、誰かに丸ごと認められたら生きていけるのではないだろうか。猫でもいい。私が自殺を考えるほど追い詰められていた時、恋人の瞳で救われたように、丸ごと認めてくれる何かに出遇えるかどうかである。

自殺する人のほとんどは、既存の価値観にとらわれ呪縛されている人が多い。自然《じねん》に生きていれば、死ななくともよかったのにと思わせる自殺が多い。何かにとらわれていて、自分の脳に貼りついた思想を貫くことが尊厳ある死だと錯覚しているのではないかとさえ思わせる事例もある。

＊

仏教は一切のとらわれの心を放《はな》れ、自然《じねん》に生きる道を説く教えである。その仏教を近代文学の傾向として、「『永遠』という奴だけは、直接、相手にしないという約束の上に成立しているものなのだ」などと勝手に思い込み、宗教を切り捨てた近代作家たちの自業自得の結末のように思えてならない。

もしも人が私に、明治以降の文学者の中で、最もすぐれている人は誰ですか、と聞いたなら、私は宮沢賢治を挙げたいと思う。（中略）賢治のよって立つ世界は、近代人であるわれわれがその上に立っている世界観と大きく違っている。われわれの立っている世界観が正しいと思うと、賢治の世界は十分に理解できない。われわれの立っている世界観の不安定さに気づいたとき、賢治のよって立つ世界観の意味がわかり始めるのである。しかし、いまだ日本人を初め多くの人類は、われわれのよって立つ世界観の不安定さを心の底から感じていない。もちろん、日を追って、その不安定さの感覚がひろがってくると思われる。そしてその不安定さの増大とともに、賢治の世界観が新しい時代を用意する思想として、日本人ばかりでなく世界の多くの人に理解されていくに違いない。賢治がほんとうに理解されるのは二十一世紀を待たねばならぬ、と私は思っている

一九八五（昭和六十）年に発刊された『賢治の宇宙』から引用したのだが、私はこの梅原猛の見解にもろ手を挙げて賛同する。

私は、戦後の作家や知識人と称された人たちに不安を感じさせせられるのはなぜだろうかと思っていた。芥川龍之介の自殺の動機は「ぼんやりした不安」であった。その不安は、依って立つ世界観の不安定さから来ていたのではないだろうか。

若いころ、何かで読んだドイツの哲学者ハイデッガーの逸話を思い出した。友人のユンガーが「虚無が極限に達した時、新しい世界が開けるのではないか」と言ったら、ハイデ

ッガーは「われわれはその一線を越えない立場である。不安であることが実存の証である」と言った話である。

一線を越えないということは、神仏を信じないということである。そうした思想が、サルトルやカミュといった実存主義の作家たちに受け継がれ、戦後のわが国の作家たちにも多大な影響を与えて来たのではないだろうか。

ドストェフスキーは『カラマーゾフの兄弟』の作中で、社会主義者の登場人物の口を借りて「神を信じなくても、人類を愛することができる」と言わせているが、この言葉こそ近代から現代に引き継がれてきた作家たちの立場ではなかっただろうか。

神仏を信じないということ、すなわち堀田善衞が言っているように、永遠というようなものは詩や宗教へ行ってもらい（本書一四頁参照）、人間の知性を絶対視して、その一線を越えることなく、この世にとらわれて創作しているのが近代文学者の立場なのである。

それに反して、一九一三（大正二）年、東洋人として初めてノーベル文学賞を受賞したのは、インドの詩人、ラビンドラナート・タゴールであった。彼の代表作『ギタンジャリ』は、永遠への讃歌であった。「Thou hast made me endless」（御身は我に永遠を与え給う）で始まる『ギタンジャリ』とは、ベンガル語で「歌をささげるもの」という意味だが、その内容は、有限から無限なるものへ、時間から永遠へ、といった永遠の光、すなわち神を讃える詩《うた》で全編が編まれている。

光よ、わたしの光よ、世界に充満する光よ、目に口づけする光よ、心をやわらげる光よ！
おお、いとしいものよ、光は躍る――わたしの生命のまんなかで。いとしいものよ、光は奏でる――わたしの愛の竪琴を。空は裂け、風は激しく吹きわたり、笑いが大地を駆けめぐる。
蝶たちは　光の海に帆をひろげ、百合もジャスミンも　光の波頭に揺れ動く。
いとしいものよ、光は　雲の一つ一つに　金色に砕け、おびただしい宝石を撒きちらす。
陽気なざわめきが　葉から葉へと　ひろがり、喜びは果てしない、いとしいものよ。
天の川が　岸に氾濫し、歓喜の洪水があたりいちめんにひろがる。

『ギタンジャリ』五十七節の一遍である。詩人は、自らの生命の中と彼を取り巻く世界に充満する光の中に、神と共にいる。

現代文学者たちが見捨てた永遠というものを、いや、文学者ばかりでなく社会全体が永遠、すなわち宗教を排除する潮流の中で、詩や童話に永遠を託した宮沢賢治やアンデルセンも、光輝く宝石のような作品を残している。こうした永遠を信じる作家たちに共通するのは、その死に様が美しいということである。

＊

たとえば、アンデルセンは庇護者のユダヤ人の富豪メルキオール家で最期を迎える。「なんとわたしは幸福なのだろう。なんとこの世は美しいのだろう。人生はかくも美しい。わたしはまるで苦しみもない遠い国へ旅だってゆくかのようだ」とつぶやいて、一八七五年八月三日に七十歳で亡くなっている。

死に臨んでこんな言葉を残せたアンデルセンだから、『マッチ売りの少女』の最終行の文章が書けたのだと私は思っている。

物語は、クリスマスの夜、誰もが楽しそうに過ごしているのに幼い少女が街角でマッチを売らされている。かじかむ手を温めようと売り物のマッチをすって火を着けているうちに、その火の中に優しくしてくれた亡くなったおばあさんが現れ、おばあさんに導かれるように死んでゆく。ここまでのあらすじは誰もが知っているが、この後の最終行の文は、案外記憶している人は少ない。

家のわきのすみっこには、寒い朝、小さい少女が赤いほおをして、口もとには、ほほえみさえ浮かべて——死んでうずくまっていました。ふるい年のさいごの晩に、こごえ死んだのです。あたらしい年の朝が、小さいなきがらの上にのぼってきました。そのなきがらはマッチをもったまま、うずくまっていました。そのうちのひとたばは、ほとんど燃えきっていました。

この子は、あたたまろうとしたんだね、と人々はいいました。だれも、この少女が、どのような美しいものを見たか、また、どのように光につつまれて、おばあさんといっしょに、新しい年のよろこびをお祝いしにいったか、それを知ってる人はいませんでした。

私は、この文章は死の実相を知り、永遠というものを知っている人でなければ絶対に書けないと思っている。こうした現場に出遭うと、児童相談所は何をしていたのかということしか浮かばない現代人には、無縁の世界と言っていい。

アンデルセンは「少女は口もとにほほえみを浮かべて死んでいました」と書いている。

＊

熱心な仏教の信奉者であった宮沢賢治も、童話に登場する動物たちの死顔に微笑を持たせている。「よだかの星」のよだかが死ぬ時の様子を、「これがよだかの最後でした。……その血のついた大きなくちばしは、横にまがっては居ましたが、たしかに少しわらって居ました」と描写している。

賢治は妹とし子の臨終に立ち会い、その死を看取り、死後もその遺体の頭を膝に乗せ、髪を梳いている。最初は櫛で梳いていたが櫛が折れたので、火箸で梳いたという記録も残っている。そんな死の現場から生まれたのが「永訣の朝」という詩である。

けふのうちに
とほくへいってしまふわたくしのいもうとよ

みぞれがふつておもてはへんにあかるいのだ
　（あめゆじゆとてちてけんじや）
うすあかくいつそう陰惨《いんざん》な雲から
みぞれはびちよびちよふつてくる
　（あめゆじゆとてちてけんじや）
青い蓴菜《じゆんさい》のもやうのついた
これらふたつのかけた陶椀《たうわん》に
おまへがたべるあめゆきをとらうとして
わたくしはまがつたてつぱうだまのやうに
このくらいみぞれのなかに飛びだした
　（あめゆじゆとてちてけんじや）
蒼鉛《さうえん》いろの暗い雲から
みぞれはびちよびちよ沈んでくる
ああとし子
死ぬといふいまごろになつて

わたくしをいっしゃうあかるくするために
こんなさっぱりした雪のひとわんを
おまへはわたくしにたのんだのだ
ありがたうわたくしのけなげないもうとよ
わたくしもまっすぐにすすんでいくから
　（あめゆじゅとてちてけんじゃ）
はげしいはげしい熱やあへぎのあひだから
おまへはわたくしにたのんだのだ
銀河や太陽　気圏などとよばれたせかいの
そらからおちた雪のさいごのひとわんを……
……ふたきれのみかげせきざいに
みぞれはさびしくたまってゐる
わたくしはそのうへにあぶなくたち
雪と水とのまっしろな二《に》相系《さうけい》をたもち
すきとほるつめたい雫にみちた

このつややかな松のえだから
わたくしのやさしいいもうとの
さいごのたべものをもらっていかう
わたしたちがいっしょにそだってきたあひだ
みなれたちゃわんのこの藍のもやうにも
もうけふおまへはわかれてしまふ
(Ora Ora de shitori egumo)
ほんたうにけふおまへはわかれてしまふ
あああのとざされた病室の
くらいびゃうぶやかやのなかに
やさしくあをじろく燃えてゐる
わたくしのけなげないもうとよ
この雪はどこをえらばうにも
あんまりどこもまっしろなのだ
あんなおそろしいみだれたそらから

このうつくしい雪がきたのだ
　（うまれでくるたて
　　こんどはこたにわりゃのごとばがりで
　　くるしまなぁよにうまれでくる）
おまへがたべるこのふたわんのゆきに
わたくしはいまこころからいのる
どうかこれが兜卒《とそつ》の天の食に変って
やがてはおまへとみんなとに
聖《たふと》い資糧をもたらすことを
わたくしのすべてのさいはひをかけてねがふ

宮沢賢治の最高傑作といわれる詩である。みぞれに育った私は、この詩を読むとみぞれの冷気や匂いのない匂いまで伝わってくる。

「みぞれ取ってきて」と花巻地方の方言で「あめゆじゅとてちてけんじゃ」と繰り返される妹とし子の声が切なくも美しい。とし子の臨終に立ち会った賢治は、まっすぐ妹の死に往く実相を見つめ、透明なみぞれを通して、慈悲の光に満ちた作品に結晶させている。雪でもなく、雨でもない、手に取れば水になってしまうみぞれ。空から落ちるその一瞬一瞬をフィルムのコマのように静止させてとらえるなら、雪であったり、雨であったり、水であったりするわけだが、それを時間の中へ入れると、間断なく変化してゆく状態になる。こうした変化を無常という言葉で表現して、世のすべての事象が瞬時もとどまらず移り変わってゆくことを諸行無常といって、四季の移り変わりや人の生死を、うつろいやすいもの、はかないものとして美しく表現してきた。

しかし、〈生〉にのみ価値を置く今日の人びとは、自分だけは変わらないとする我執のため、この〈無常〉という言葉も死語に近い状態になっている。

春の新緑は美しい。秋の紅葉も美しい。冬の木立ちも美しいと俳句などを作る現代人の、その同じ眼に、青春は美しく、老は醜悪で、死は忌み嫌うものと映っている。我執の眼には、みぞれは暗く陰鬱に映る。宮沢賢治の眼には、みぞれも死も、透明に美しく映っていた。

私は、人も動物も泣きながら生まれ笑って死んで往くのが自然の摂理ではないのだろうかと思うようになっていた。

ドイツの詩人リュッケルトはこんな言葉を残している。「死よりも力のあるものは何か。それは死に臨んでほほえむ人である」と。

またソクラテスが「もしかすると、死は人間にとって最大の幸福であるかもしれないのです」と言っているが、もしかしなくても人間にとって死は大切なことかもしれない。

なぜなら個体の死があるから類の生の存続があるからだ。一億六千万年も生きていた恐竜が滅びて哺乳類の先祖が生き残ったのは、生と死の回転を速めたからだという学者もいる。要するに、生と死の回転を速めることによって急変した環境に対応できたということである。旧来の個体の死によって環境変化に対応した新しい個体が生まれ、類としての生の存続が可能となったということである。

今日のように個の生に執着する思想で構築された社会は、やがて人類の生の存続を脅かす結果になるかもしれない。

第三章　死者たちに導かれて

仏教との出遇い

先にも述べたように私は、宗教に出遇う環境にあったわけではなかった。私が過ごした青春時代（昭和三十年代）は、マルクス・レーニンの唯物論や実存哲学が主流をなしていて、死んだら何も無いとする思想が知識人の間では当然のように思われていた。私も宗教などうさん臭い麻薬くらいにしか思っていなかった。一九六四（昭和三十九）年に発刊された本多顕彰の『歎異抄入門―この乱世を生き抜くための知恵―』の冒頭にこんな文がある。

三木清の奥さんが亡くなった日の夕方お悔やみに行くと、うす暗い仏間の仏壇のまえでお経をあげている坊さんの後ろに西田幾多郎博士と三木清が並んで端座していた。仏間の構造がどうなっていたか今は記憶にないが、私は蠟燭の光にてらし出されている二人の顔を斜め前から見た。

西田博士は『善の研究』の中で歎異抄を感銘深く語っており、博士の影響を受けた倉田百三が親鸞を題材にして『出家とその弟子』を書いているくらいだから、博士が仏壇のまえにすわったにしてもふしぎはないかもしれないが、あの夕には、それすら私には奇異に感じられた。三木清の心事にいたっては、私はまったく量りかねたのである。三木清ともあろうものが仏壇のまえにすわって手を合わせるなんて、いったいどういう了見なのだろう、奥さんが死んでセンチメンタルになったのだろうか、それともお芝居であろうか。いや、それにしては、彼の表情は真剣すぎた。彼の表情は長いあいだ私にはナゾであった

この本多氏の文章は当時の知識人を代弁する感覚といってもいいだろう。私も親族の葬式などで「なむあみだぶつ」と手を合わせるのを奇異に感じながら眺めていた。

また、一九五五（昭和三十）年の春、十九歳のダライ・ラマ十四世が北京で毛沢東と会

ったとき、毛沢東はダライ・ラマに耳打ちしたという。

「宗教は毒だ。宗教は国を滅ぼす。宗教は物質的進歩を無視するからだ。やめなさい」

この逸話を聞き知った時、私は毛沢東の言う通りだと思ったものだった。だから宗教に関心どころか、宗教くさい書物だとわかると本を閉じてそれきり読まなかった。以前文学を志していたころ、宮沢賢治を理解するにはと『法華経』を用意したり、夏目漱石の『門』を読んで道元の『正法眼蔵』を手にしたりしたことがあったが、活字を眺めているだけで何が書いてあるのかさっぱりわからなかった。そんな私が仏教書を読み始めたのは、納棺夫になってからのことだった。

＊

私の住む富山県は宗教といえば浄土真宗と言ってもいいくらいの土地柄である。今日でも葬式の八十パーセント以上は浄土真宗で行われている。だから葬式に携わっていたころは、毎日のように「なむあみだぶつ」という声を聞きながら仕事をしていた。

仏教書を読み始めたのは、「なむあみだぶつ」って何だ」と思ったのがきっかけだった。毎日、葬式の現場で耳にする「南無阿弥陀仏」とは何だろうと思いながら過ごしていた。

私は論理的に系統立てて学んでいくのは苦手であった。しかし何か疑問に思うと、腑に落ちるまで追い求める性癖がある。

南無阿弥陀仏とは何だろうと調べていくと、南無はサンスクリット語の「namo」の音写語で、私は帰依《きえ》しますという意味で、阿弥陀仏は「Amitāyus」(無量寿)と「Amitābha」(無量光)の「amita」を略出した合成語であることがわかった。

「無量寿」は永遠のいのちのことであり、「無量光」も計ることができない永遠の光であるのなら、合成すれば〈永遠のいのちの光〉となる。

「阿弥陀仏」——素晴らしい名ではないかと思った。永遠のいのちの光に南無することを「南無阿弥陀仏」と言うのであれば、南無とは帰命するということで、永遠のいのちの光に身を任せて生きることにほかならない。

われわれは生命を維持するために衣食住を必要とする。その手段として経済活動をしているわけだが、今日では目的と手段が本末顚倒して金が目的のような世相となっている。金を目的とした犯罪や命に保険をかけた他殺や自殺までもが多発している。そんな世相であるからこそ、いのちの光を究極の目的にすることはよいことではないかと思った。

しかし不思議なことに、こんな素晴らしい名号を日常の生活で声に出して称えると、奇異に思われ、目出度い場所などで声に出せば、「縁起でもない」と敬遠されるのはなぜだろうと思った。また、「南無阿弥陀仏」と称えれば、浄土へ往生できると言われても、それはどういうことなのかまったく理解ができなかった。そもそも浄土とは何だと思った。

＊

親鸞は比叡山で堂僧として不断念仏の修行をしていたというからもちろん「南無阿弥陀仏」と称えていただろうし、法然のもとにいた時も当然「南無阿弥陀仏」と称えていただろう。しかしいくら称えていても、法然のように「源空（法然）は、すでに得たる心地して念仏申すなり」といった境地にはなれなかったに違いない。法然七十歳、親鸞三十歳であった。法然が亡くなり、流刑地の新潟から関東に移り住んで六十歳近くになってから、その思想の深まりを得られたように思う。そのことは恵信尼の手紙にあるように、寛喜三（一二三一）年の高熱の中での回心体験が大きな転機となったようである。親鸞五十九歳の時のこの回心は、絶対他力の思想を確立する契機になったことは確かであろう。その詳細は後で述べるが、それは大悲（＝阿弥陀如来）のとらえ方に観ることができる。善導の礼讃にある「大悲伝普化」という言葉を「大悲弘普化」として、人が大悲を伝えて教化するのではなく、大悲そのものがあまねく化するのだと確信されてから『教行信証』を書き始められたのではないかと思われる。

親鸞は『唯信鈔文意』に書き留めている。

微塵世界《みじんせかい》に無碍《むげ》の智慧光《ちえこう》を放《はな》たしめたまふゆゑに尽十方無碍光仏《じんじっぽうむげこうぶつ》と申すひかりにて、かたちもましまさず、いろもましまさず。無明《むみょう》の闇をはらひ、悪業《あくごう》にさへられず、このゆゑに無碍光と申すなり。無碍はさはりなしと申す。しかれば阿弥陀仏は光明なり、光明は智慧のかたちなりとしるべし。

——『聖典』七一〇頁

阿弥陀如来は微塵世界に満ち満ちた光だと親鸞は言う。そして「仏《ぶつ》はすなわちこれ不可思議光如来なり、土《ど》はまたこれ無量光明土《みょうど》なり」(『教行信証』「真仏土巻」、『聖典』三三七頁)と言う親鸞に、私は言い知れぬ感動を覚えた。

以前に蛆が光って見えた体験をした時、私が「蛆もいのちなのだ」と思った瞬間、光って見えたのであった。あの光もいのちの光、すなわち如来の光明ではなかったかと思うのだった。あの蛆が光って見えた日のすぐ後に、こんな体験をしたことを思い出した。その体験も『納棺夫日記』に書いたので、それを引用する。

この仕事を続けていると、玄関へ入った瞬間、悲しみの度合いが分かるようになる。家の奥へ入らない先に、この家の大事な人が急逝して、深い悲しみの状態にあることが伝わってくる。極度の緊張が家中に張り詰めているのである。

今日の家も、そうであった。

若い夫婦と子供二人の家族四人でドライブ中、事故に遭い、後部座席にいた子供たちは無傷で助かり、運転していた夫は重症、助手席の妻は道路に投げ出されて即死といった死者であった。

農家の大きな仏壇のある奥座敷に、頭を包帯で巻かれた女性の遺体が布団に寝かされてあった。布団の上には紋付の羽織が逆さに掛けてある。

死者の枕元には、二、三歳位の男の児を抱いた老婆が見るも哀れに座っており、その横に寄り添うように、四、五歳の女の児が立ったり座ったりしている。

死者の顔を見ると、顔には傷はなく、誰かが目を閉ざしたのか、安らかな美しい顔をしている。怪我をして、眠っているような感じである。

「おかあちゃん、まだねむっているの？」

女の児が不意に言ったため、すすり泣く声がしたかと思うと、老婆が畳を叩いて大声で泣き出した。

しばらく納棺どころではないのである。

泣き声と涙の中での納棺を終え、手を洗うため洗面所へ行こうとしたら、村の長老のような人に制止され、裏庭へ案内された。

そしてポリバケツに水をいれ、それにやかんのお湯を注いで差し出しながら、洗い終わったら竹やぶに捨てるようにと言って、この地方の風習だからと言い添えて去った。

逆さ湯を竹やぶに流したとき、何か光るものが目の前を走った。見ると、竹と竹の間をか細い糸トンボが一匹、弱々しく飛んでいる。しばらくすると、ひときわ濃い緑色の今年の竹に止まった。近づいてみると、青白く透き通ったトンボの体内いっぱいに卵がびっしりと詰まっている。

さっき納棺していた時、周りが泣いているのに涙が出なかったのに、卵が光るトンボを見ているうちに涙が出てきた。

数週間で死んでしまう小さなトンボが、何億年も前から一列に卵を連ねて〈いのち〉を続けている。

そう思うと、ぽろぽろと涙が出て止まらなかった。――『納棺夫日記』七八～八〇頁

私は感涙しながら「一切衆生悉有仏性《いっさいしゅじょうしつうぶっしょう》」（『涅槃経』）という仏語を思い出していた。生きとし生けるものすべてに仏性があるという。そしてその仏性はすなわちこれ如来なり、如来はすなわちこれ光明なり、と親鸞は言う。

私は、あのトンボの光も蛆の光も、恋人の瞳の光も叔父の柔和な顔の光も、井村医師が見た光景も、死者たちの顔に漂っていた微光も、いのちの光、すなわち弥陀の光明だったのではと思うようになっていた。

以来私は「南無阿弥陀仏」と称えると、あらゆるものが輝いて見える光景が眼前に浮かぶようになった。そのころから私は、親鸞の主著である『教行信証』を真剣に読むようになっていた。

いのちの光を拠りどころに

親鸞の『教行信証』を開いて、まず気づくことは、「教巻」「行巻」「信巻」「証巻」「真仏土巻」「化身土巻」と六巻になっているのだが、最初の「教巻」が他の五巻と比べると極端に短いことだ。それは全巻の結論から先に述べてあるからだと気づいた。

他の五巻も、巻頭に結論が据えてある。それはあたかも裁判所の判決文が「有罪」か「無罪」かの一言の結論を述べ、後は判決理由を長々と述べるといった書き方である。

親鸞は常に結論から述べている。それより不思議なことは、結論を簡潔な文で示す以外に親鸞の言葉があまりないということである。読めばわかるが、親鸞自身の言葉はほとんどない。その九割ほどが『大無量寿経』や『涅槃経』などの仏典からの引用か、七高僧《しちこうそう》の言葉の引用なのである。残る一割ほどが親鸞の言葉であるが、そのほとんどは、懺悔《さんげ》と讃嘆と言っていいのである。

そのことを哲学者の三木清が書き残している。

「親鸞の文章にはいたるところに讃嘆がある。同時にそこにはいたるところに懺悔がある。讃嘆と懺悔と、つねに相応している。単なる懺悔、讃嘆を伴わない懺悔は真の懺悔ではない。懺悔は讃嘆に移り、讃嘆は懺悔に移る。そこに宗教的な内面性がある」

私はこの三木清の指摘に共感して以来、いろいろな親鸞に関する書物を読む度に、讃嘆も懺悔もないまま、「私はこのように思う」とか「私はこのように解釈する」とか自己主張する仏教学者や僧侶たちの書物が何と多いことだろうと思った。

そういう私に他人のことを言う資格はない。

以前は自分自身そう思っていたのである。なぜなら自分の個性を発揮して特色を出すことが、独創性のある作品や論文を作るうえで大切なことだと思っていたからである。ところが、親鸞の『教行信証』にはそれがない。自己主張が皆無なのである。

それは、仏典であれ七高僧の言葉であれ、如来が発した言葉と思われる真言のみを厳選して引用しているからで、如来の真言に対して「私はこう思う」とつけ加えることは、疑いをはさむことになるからにほかならない。

この『教行信証』を読み始めた最初のころは、理解しがたいことが多く、何冊もの解説書を併用して読んでいた。ところが解説書のほとんどが「教巻」の解説が解説になっていないことに気づいた。私は「なんだ、これは！」と思った。本の選び方が間違っているのではないかと、著者を変えてみたりしたが、どの解説者も明快な解説をしていない。中には、ここでの親鸞の立証の仕方は不可解であるとか、親鸞らしくない論理性に欠けているとか、著名な親鸞研究の第一人者や仏教学者の各著者が首を傾げているのである。

親鸞は究極の結論から先に述べているのに、その最も大事なところを素通りして、末梢的な仏教用語の解釈や説明に力が注がれている解説書がほとんどであることを知った。

＊

親鸞は、ブッダが生涯かけて説いた教えの中で究極の真実を説いたのが『大無量寿経』であると断定している。何を根拠に断定するのかという説明に、親鸞は突然論理を踏み外したような理由を述べている。

親鸞は、この教えを説いた時のブッダの顔が光り輝いていたからだと言う。『大無量寿経』に描写されている釈迦如来の顔の光り輝く様子に、その証拠があると説明している。

この『大無量寿経』に描かれているのは、付き人阿難《あなん》（アーナンダ）が、ブッダの様子が普段と違って全身に喜びをたたえられ、清らかに光り輝いておられたので「どうなさったのですか」と尋ねると、「よく気づいて問うた」と、阿難がほめられる場面である。

この経にある釈迦如来の〈光顔巍々《こうげんぎぎ》〉の様子とそれに気づいたことを釈迦如来がほめたということだけで、親鸞は『大無量寿経』を真実の教えであると断定している。仏教学者たちはこの箇所がわからないという。

今日歴史に残る大乗仏教の経典そのものがブッダ入滅後二百年以降に編纂されたものであり、その上、他国の文化や言語の影響を受けて伝承されてきたことを思うと、釈迦如来の容姿の描写をもって、そこに真実の教えを見るという発想は、普通の次元では生まれない。体験した者だけにしかわからない。まして、ブッダが重視した〈四依《しえ》〉が身についていない教条的な仏典研究者には、理解できないのは当然と言えるかもしれない。

ここで仏教はブッダ（覚者）の宗教体験（悟り）によって実証された教えであって、観念的な教学や思想ではないということを認識しないと、光顔巍々は理解できないであろう。私は言い知れぬ感動を覚えた。そして親鸞の思想が実証に裏打ちされていることを確信した。親鸞の次の和讃はそのことを証明している。

清浄光明ならびなし　　遇斯光《ぐしこう》のゆゑなれば
一切の業繫《ごうけ》ものぞこりぬ　　畢竟依《ひっきょうえ》に帰命《きみょう》せよ
　　　　　　　　　　　　――『浄土和讃』、『聖典』五五七頁

遇斯光とは斯《こ》の光に出遇った者だけに見える光である。遇うしか斯の光を見ることはできない。雨上がりの陽が射す条件が整ったその場所に居合わせなければ虹を見ることはないように、条件が整った人しか見ることのない光。この光に遇うには、法と機の周波数が一致して法機一如の状態になるしかないのである。そして、この光に遇えば、「この光に遇《もうあ》ふものは、三垢《さんく》消滅し、身意柔軟《しんいにゅうなん》なり。歓喜踊躍《かんぎゆやく》して善心生《ぜんしんしょう》ず」（『聖典』二九頁）と『大無量寿経』にあるように、一切の業繋も除かれる。業繋とはその人の身に着いた垢《あか》のこと。特にしつこい垢を三垢と言い、三毒《さんどく》とも言われている。三垢とは、貪欲《とんよく》、瞋恚《しんに》、愚痴のことで、貪欲とはむさぼりやとらわれの心、強い執着心のこと。瞋恚とは恨み・妬み、怒りのことで、愚痴はおろかで真理に対する無知のことを言う。

あの女は業《ごう》の深い女だと言う場合も、この三垢が体にこびりついている人のことを言っている。この垢はちょっとやそっとのことでは洗い流せない。

そういえばアインシュタインは、「物質は変わるが、人の心はなかなか変わらない。人間の心はプルトニウムを変えるより難しい」という言葉を残している。

人間の貪欲の我執はプルトニウムより頑固だということである。我執の一かけらでも残っていたら、たとえばインターネットの接続で、ピリオド（・）一つの有り無しで接続できないように、ピリオド一つの自我が残っていてもこの光には出遇えないのである。『大河の一滴』という本を出した作家がいたが、その一滴が問題なのである。親鸞は「一味」と言っていた。そんな一滴の我執も、この光に遇えば一瞬のうちに光に溶け込んで一味になるという。

だからこの光を、究極の拠りどころとしなさいと親鸞は言っている。

＊

このならびない清浄光明な光こそが弥陀の光明であると、親鸞は確信していた。私はこの親鸞のとらえ方に言い知れぬ感動を覚えた。その感動は叔父の臨終に立ち会った場面を想い出させる。

前日まで「親族の恥」と言っていた叔父が涙を流して手を差し出し「ありがとう」と言った時の柔和な顔が忘れられない。

いつの間にか叔父の柔和な顔とブッダの光顔巍々とした顔がオーバーラップして浮かぶようになっていた。そして明治生まれの信念を曲げない頑固な叔父が、急に仏さまのような顔で涙を出してありがとうと言ったのは、叔父の意思で言ったのではなく、弥陀の光明が叔父の口を借りて言わしめたのだと思った。そうとしか思えなかった。すると次の瞬間、私は転げるように土下座して、叔父の手を握って「叔父さん許してください」と泣いていた。あの時の私は、恥ずかしさだけが込み上げてきた。

あの瞬間に起きた出来事が慚愧《ざんぎ》の回心《えしん》というのだろうかと、後に仏教に出遇ってから思うようになった。振り返ってみれば、自分のことだけしか考えない身勝手な生き方をしてきたと思う。挫折や失敗を繰り返しても、一層頑なに三毒を抱えて俺が俺がと生きてきた。そんな我執が一瞬のうちに崩壊したのだった。この回心は叔父の意思や善意によってもたらされたのではなく、如来の光明のはたらきではなかったかと思うようになっていた。

すると、恋人の瞳で救われたのも、如来のはたらきのように思えてくるのだった。もし元恋人と道で出会ったとしたら、おそらく互いに目を背けてすれ違っていただろう。だがあの時は父親の死の枕もとであった。父親の死顔を撫でながら私を見つめた瞳は、優しい光に満ちていた。あれは父親が死の瞬間に如来に出遇って発した光の照り返し、すなわち回向《えこう》だったに違いないと思うようになっていた。

不可思議な光

光顔巍々といった霊的現象は、霊的体験をした者でなければわからない。鈴木大拙師が「霊性に目覚めることによって、初めて宗教がわかる」と『日本的霊性』に書いておられたが、そのことを指摘されたのだと思う。師が「霊性」としたのは、最初英語で書かれたのを日本語に翻訳されたからではないかと思う。私は「仏性に目覚めることによって仏教がわかる」としてもいいと思っている。『涅槃経』には「仏性に遇うをもって、すなわち大般涅槃に安住す」という言葉がある。また、クリスチャンの詩人、八木重吉はこんな詩を作っている。

聖書が聖霊を生かすのではない
聖霊が聖書を生かすのだ
まず聖霊を信ぜん
聖書に解しがたきところあらば

まず聖霊にきかん
聖書のみによる信仰はあやうし
われ今にしてこれをしる　おそきかな
――「聖霊」

聖霊とかスピリチュアリティというと、今日では霊能者や霊的現象を売り物にしている者がいて、とかく非科学的なうさん臭いものとみなされがちであるが、それはスピリチュアルの意味を正しく理解されていないからだと思う。宗教的スピリチュアリティを正しく理解するには、生に執着して死を対象化して想っている人には理解できない。生死一如の視座に立たない限り、正しく理解できないのである。

今日、ＷＨＯ（世界保健機関）において、健康の定義に「SPIRITUAL」を入れるかどうかが検討されている。理事会では通ったが総会で保留になったのは、うさん臭い霊能者や霊感商法などをのさばらす懸念があるからだという。確かに書店の店頭には「スピリチュアルカウンセラー」といった作家の本が山積みになっている。そうした風潮を懸念する人から見れば、光顔巍々などという現象もうさん臭い霊的現象に見えるだろう。

アインシュタインが残した言葉に次のような名言がある。

科学的でない宗教は盲目である
宗教のない科学は危険である

アインシュタインが、広島に原爆が落とされたことを知った時、発した言葉である。彼は、既存の人格化された神は信じていなかったが、「神即真理」「神即愛」とみなすスピノザ（十七世紀のオランダの哲学者）のような宇宙の真理としての宗教を信じていた。

科学は実証を重んじる。どんな立派な科学的論文も、実証されない限り紙屑に等しい。宗教も、実証されなければ盲目と言われても仕方がないであろう。

私は、仏教ほど実証を重んじる宗教はないと思っている。仏教の実証とは悟りである。ブッダのような完全な実証は三千年に一度咲く優曇華《うどんげ》の花より至難なこととされているが、少なくとも過去の仏教修行者たちは悟りを目指して命がけで修行してきたのであった。今日では見る影もないが、本来仏教僧とはブッダの教えを実行し、その教えが真実であることを実証し、世に伝える役割を担っていたはずであった。

＊

あらゆる宗教の教祖には、その完成度や進捗状態の違いはあるが、何らかの証が見られる。中でも実証の最たるものが光顔巍々だと言ってもいいだろう。この光顔巍々とほとんど等しい場面が聖書にもある。

マタイによる福音書第十七章・第一節〜第三節では「六日ののち、イエスはペテロ、ヤコブ、ヤコブの兄弟ヨハネを連れて、高い山に登られた。ところが、彼らの目の前でイエスの姿が変わり、その顔は日のように輝き、その衣は光のように白くなった。すると、見よ、モーセとエリアが現れて、イエスと語り合っていた」とある。また、ルカによる福音書第九章・第二十八節〜第三十節には「これらのことを話された後、八日ほどたってから、イエスはペテロ、ヨハネ、ヤコブを連れて、祈るために山へ登られた。祈っておられる間に、み顔の様が変わり、み衣がまばゆいほどに白く輝いた。すると見よ、ふたりの人がイエスと語り合っていた」とある。

『大無量寿経』にある釈尊の変容の描写は、「世尊《せそん》、諸根悦予《しょこんえつよ》し、姿色《ししき》清浄にして光顔巍々とまします」（『聖典』八頁）とある。聖書では、キリストの「その顔は日のように輝き、その衣は光のように白くなった」とある。

両者の描写は、まったく等しいと言っていい。

ブッダもキリストもこの状態になられた時、ブッダは仏仏相念《ぶつぶつそうねん》（如来と交信）しておられたのであろうし、キリストは神と会話しておられたのであろう。

そして光と合体したキリストは、「われはこの世の光なり」と宣言しておられる。

ブッダは終焉の地クシナーガラへ向かう途中で、「私はすでに八十歳の高齢となった。私の亡き後は、ただ自らを灯明とし、自らを拠りどころとし、他人を拠りどころとせず、法を灯明とし、他を拠りどころとすることをなくして、修行せよ」と遺言しておられる。

この言葉を後の漢訳仏典では「法四依」と名づけて整理している。

一、依法不依人（法を拠りどころにし、説く人に依らない）
二、依義不依語（教えの内容を拠りどころにし、言葉に依らない）
三、依智不依識（智慧〈悟り〉を拠りどころにし、人間の分別に依らない）
四、依了義不依了義経（真理を説く経を拠りどころにし、真理から反れた経に依らない）

ここでの、「法」とは何かということがわからないと普通の人は理解しかねるだろう。

親鸞は言う。

「涅槃」をば滅度《めつど》といふ、無為といふ、安楽といふ、常楽といふ、実相といふ、法身《ほっしん》といふ、法性《ほっしょう》といふ、真如といふ、一如といふ、仏性《ぶっしょう》といふ。仏性すなはち如来なり。この如来、微塵世界にみちみちたまへり

――『聖典』七〇九頁

この文は『唯信鈔文意』にある注釈文だが、普通の人は、仏性とか真如とか如来といった言葉自体がわからないから、一層わからなくなるかもしれない。

普通の人は光というと、太陽の光とか電灯の光とかローソクの光を連想しがちだが、これらの光は遮断物があると影ができる。ここで言う〈ひかり〉は、影ができない光のことを言っている。その光を無碍光と言うのだが、超日月光《ちょうにちがっこう》とも言われるように、太陽の光も月の光をも超えた一切をすえ通す光なのである。

この〈ひかり〉からの真如の言葉を法と言っているのである。この法こそが、光の言葉であることに気づかねばならない。

ヨハネの福音書第一章・第一節~第四節に、「初めに言《ことば》があった。言は神とともにあった。言は神であった。この言は初めに神とともにあった。すべてのものは、これによってできた。できたもののうち、一つとしてこれによらないものはなかった。この言にいのち

があった。そしてこのいのちは人の光であった」とある。

光と合体することは、神の言葉を発することになる。

ブッダが光顔巍々とした時発する言葉は如来の言葉にほかならない。親鸞はゆえに、『大無量寿経』は真実の教えであると断定したのであった。仏法とは何かが明確にわかった親鸞が、このブッダの「法四依」の遺訓を忠実に守って、法（光）に依る真言だけを仏典や高僧たちの言葉から選んで著したのが『教行信証』であった。だから引用文が多いのだが、一見難解に見える文も注意深く考察すると、一つの方向からやってくる光に合目的に照射されていることに気づくだろう。

体験を通して出遇う真実

あらゆる宗教の教祖に共通することは、その生涯のある時点において光との接触があることである。

空海は、室戸岬の洞窟で修行をしていた時、口に明星が飛び込んできて全身が光に包まれ、その時、洞窟の中から見えたのは空と海だけだったので〈空海〉と名乗ったと、自らの著『三教指帰』の序文に記している。

後に遣唐使の留学生として唐に渡ると、当時、中国密教の第一人者であった恵果は、「お前の来るのを待っていた」と何百人もの自分の弟子を差し置いて新参の空海に密教の最高位である灌頂《かんじょう》を授け、「遍照金剛」の灌頂名を与えるのである。光は光を招くというが、その好例と言ってもいいエピソードである。

光との出遇いを神の啓示と言ったり、お告げと言ったりする場合があるが、イスラム教の聖典コーランは、マホメットが洞窟で瞑想していた時、神の啓示を受け、神（アッラー）の言葉を書き綴ったものだとされている。

大本教の出口なおも天理教の中山みきも神がかりになり、神の言葉を伝える者として世に出ている。宗教法人GLAの高橋信次や原始福音・キリストの幕屋の手島郁郎なども光に触れた宗教家である。

その手島郁郎が創刊した『生命の光』（一九九六年三月号）にこんな文が載っていた。

大悪人だった男が法然に出遇って念仏者になった。その男が、人に説教したいが、学がないから何を話せばいいのかわからないので指導してくれと法然に尋ねると、

「……お前は昔は強盗で残忍な男だったのに、一度み仏の光に触れたら、どういう変化が起きたかは、お前自身がよく知っているだろう。お前は何かの理屈を知って変わったのか」

「いいえ」

「そうだろう。それならば、お前が体験して知ったように、永遠の光に合一することが宗教ならば、お前はそれを伝えたらいいではないか」

と法然は諭したという。それについて手島郁郎はこう述べている。

私は、法然上人はさすが本物を知っておられる宗教家だと思います。宗教は難しくない。永遠のみ光に合一さえしたら、合一している人が近寄るだけで、不思議なことが起きる。これ以外に宗教というものはないです。……キリスト教だけがいいと思うなら、それは自分の宗旨だけがいいと思う自惚《うぬぼれ》です。自分自身が永遠の光、生命の光に触れずに、理屈を言うのは大変な間違いです。

この「宗教は難しくない。永遠のみ光に合一さえしたら、合一している人が近寄るだけで、不思議なことが起きる。これ以外に宗教というものはない」という見解に接して私は、実に簡潔明瞭な至言だと思った。真理は常に簡潔明瞭である。

「仏性は即ち光明なり」と簡潔に言う親鸞は和讃で、その光は「因光成仏のひかり」とも言っている。

神光《じんこう》の離相《りそう》をとかざれば　無称光仏となづけたり
因光《いんこう》成仏のひかりをば　諸仏の嘆ずるところなり

――『浄土和讃』「讃阿弥陀仏偈和讃」、『聖典』五五九頁

光はすがたかたちを超えていて説き尽くすことはできないが、この光によって成仏すると諸仏もほめているという讃仏偈だが、親鸞は「因光成仏」に左訓をつけ「ひかりをたねとして仏になりたまひたり」としている。要するに、光が仏を生じさせる因《たね》だと言うのである。

＊

私は自分の体験に確信をもつようになった。なぜなら私は、叔父が死に際に見せた微光や納棺の現場で見た死者たちの微光が、仏性を垣間見たことだったのではないだろうかと思ったからだ。そうした微光を少しでも浴びていくうちにやがて臨界に達した時、蛆が光って見えるといった不思議な体験に出遇うことになったのではないだろうかと思った。もちろん悟りなどとは程遠いが、少なくとも、無碍光とは何か、不可思議光とは何かがわかったような気がした。今になって思えば、私の死に対する考えが一変したのも、光と合一した人に近づいただけで生じた不思議なことだった。

しかしこの世には、私のような中途半端な光に触れた程度で教祖を名乗る宗教家も少なくない。時空を超えた普遍性を持つ宗教の教祖、たとえばブッダやキリストと、いかがわしい新興宗教の教祖との違いはどこにあるかと言えば、一度光を垣間見た程度で悟ったと勘違いして精進を怠り自我丸出しの説教をしているのと、光と完全に合一するまで精進を続け、迷ったら祈りや念仏（光と交信）をして光の言葉で語る人との違いだと言ってもいい。

たとえば聖書には、「イエスは高い山に登って祈りをささげておられた」とか「しばらく祈っておられた後」とか、頻繁に祈りを捧げておられる場面が出てくる。イエス・キリストの祈りは、わが国の人びとが安全祈願だとか家内安全などといって行う祈りとはまったく違う。聖書でのキリストの祈りは光との交信、すなわち神とのコミュニケーションを意味している。

ブッダもよく三昧《さんまい》に入っておられた。三昧とは仏語で、心を集中して瞑想し、深く悟った状態のことを言うのだが、『涅槃経』に出てくる「月愛三昧《がつあいざんまい》」が有名である。

父のビンバサーラ王を殺害するといった悪逆非道な王子アジャセは、後に過去の悪行を深く悔いるようになるが、罪の意識から心を病み、やがて身体中に皮膚病を生じ、激しい苦痛に悩まされるようになる。そんなアジャセ王の苦悩を知ったブッダは、彼を救うために月愛三昧に入ったとある。そして月愛三昧に入ったブッダから放たれた清涼な光が王を包むように照らすと、全身を覆っていた皮膚病はすっかり癒え、身体の痛みも消え去ったとある。

親鸞もこの場面を重視して、『教行信証』の「総序」で、「浄邦縁熟《じょうほうえんじゅく》して、調達《じょうだつ》(提婆達多)、闍世《じゃせ》(阿闍世)をして逆害を興ぜしむ」(『聖典』一三一頁)と簡単に取り上げ、詳細は「信巻」に引用している。

ブッダは王に近づいて何かを説いたのではない。まず月愛三昧に入り、王が善心を生じるまで、慈悲の光を月の光のように優しく降りそそいでおられただけであった。

第四章　いのちのバトンタッチ

光に触れた後の生き方——悟りと八正道

今日までのブッダのその悟りは、菩提樹の下で完全な悟りを得たとするのが一般的である。普通そのように思われている。そして八正道《はっしょうどう》は、修行者が悟りを得るための条件のように説かれてきたと思う。

ここで私が不思議に思うことは、八正道はブッダが悟ってから説かれたのであって、悟る前に説かれたのではないのに、人びとは八正道を遵守して修行すれば悟りが得られると思っていることである。

師や経典を持たずに悟りを得たブッダを持ち出すまでもなく、過去の高僧たちは師や経典によって最初の悟りを得たのではない。最初の悟りは、ニュートンがリンゴの落ちるのを見て万有引力を発見したような偶然のきっかけによるものが多い。真理を追究して生涯諦めることなく瞬時も休まず追い求めた人にのみ与えられる恩恵かもしれない。親鸞は、『教行信証』の「総序」で、それは宿縁であると言っている。

ああ、弘誓《ぐぜい》の強縁《ごうえん》、多生《たしょう》にも値《もうあ》ひがたく、真実《しんじつ》の浄信《じょうしん》、億劫《おくこう》にも獲《え》がたし。たまたま行信《ぎょうしん》を獲《え》ば、遠《とお》く宿縁《しゅくえん》を慶《よろこ》べ。

——『聖典』一三一～一三二頁

道元は、「仏道をならふといふは、自己をならふなり。自己をならふといふは、自己をわするるなり。自己をわするるといふは、万法に証せらるるなり」と『正法眼蔵』「現成公案」に書き残している。あくまでも師や仏典などではなく、自己なのである。

たとえば、道元禅の系譜に達磨から数えて六祖となった曹渓慧能がいるが、その慧能が出家する前、父が早くに亡くなり、薪を売って母親を養っていた。ある日、町へ薪を売りに出て寺から聞こえてくる読経を聞いて出家を思い立ち、五祖弘忍の下に参じたが、文字が読めないため寺の下男として米搗《こめつ》きに従事していた。

その慧能が弘忍の跡継ぎとして認められた時の伝説が残っている。

弘忍は悟りの心境をうまく詩に表せた者を後継者として認めようと言い、当初、弘忍門下の筆頭だった神秀が壁に偈を書いたが、弘忍は認めず、それを聞いた慧能が神秀の詩を揶揄するような詩を書き、それを弘忍が認めたので六祖となったという。

神秀の詩

身是菩提樹（身はこれ菩提樹）
心如明鏡台（心は明鏡台の如し）
時時勤払拭（時々勤めて払拭し）
莫使有塵埃（塵埃を有らしめること莫れ）

慧能の詩

菩提本無樹（菩提に本から樹など無い）
明鏡亦無台（明鏡にもまた台など無い）
仏性常清浄（仏性は常に清浄である）
何処有塵埃（何処に塵埃があるのか）

見事と言うしかない。寺の米搗き下男がどうしてこんな詩を書けたのか不思議であるが、エピソードとして今日まで残っている。

親鸞が「清浄光明ならびなし」と言う時も、慧能の詩のような浄土世界をイメージしていたに違いない。私が、蛆が光って見えた体験をした瞬間の光景は、まさに塵埃など一切なかった。塵一つないが、あらゆるものがありのまま存在して輝いていた。

あの光景に出遇った体験が、親鸞の和讃にある「ひとたび光照かぶるもの、業垢《ごうく》をのぞき解脱をうる」（『浄土和讃』、『聖典』五五八頁）るものなら、いわゆる悟りを得たということにもなる。私の場合、悟りなどとはおこがましいが、あえて悟りと言うなら、仏にも菩薩にもなれない縁覚《えんがく》（師なくして飛花落葉を観て悟り、他に仏法を説くこともできない者）にすぎない。

江戸時代の禅僧白隠は、初めての悟りの後の修行の重要性を説いていた。そして生涯に三十六回の悟りを開いたと自称しておられる。私は白隠禅師の見解になるほどと思った。

悟りと言っても、たとえば睡眠に浅い眠りや深い眠りがあるように、深い悟りや浅い悟りがあっても不思議ではない。ブッダのような完璧な悟りを得た覚者でも、悟りの後の修行を続けられた。原始仏典『大パリニッバーナ経』によれば、ブッダ自身がブッダガヤの菩提樹の下で悟った後に説いた八正道を自ら実践しながら四十五年間、八十歳で「修行完成者」となられるまで、一修行者のように修行を続けておられたことが記録されている。私のようなささやかな光に触れた体験は、納棺の現場であった。その最初の体験を著したのが『納棺夫日記』であった。

しかし私の場合、光に触れていながら、白隠が重視したその後の修行も精進もしなかった。すると、間もなく元の木阿弥になっていた。それどころか、恥ずかしくて人に話せないような生活を送っていた。しかも、そのことを恥ずかしいとも痛ましいとも思わなかった。

考えてみれば、キリストが完璧な神の子であるなら祈りを続けなくてもよさそうなものなのに、常に祈っておられたように、ブッダは自分が悟って説いた八正道を自分にも課して修行を続けられたと言える。なぜならば、この世に生きているかぎり、人間社会と接触しているかぎり、ちょっと油断をすると、悟りの状態を邪魔する業繋が焼き鳥屋の煙のように心の換気扇にこびりついてくるからである。

いや、ブッダはブッダガヤの菩提樹の下で完全な悟りを得たのだと言う人がいたら、ではなぜ修行完成者（tathāgata）という言葉が原始仏典『大パリニッバーナ経』などに頻繁に出てくるのかと問いたい。tathāgata（ターターガタ）の語意は「修行を完成した立派な人」のことで、漢訳仏典では「如来」と訳されている。

釈迦如来とは生きながら如来となった状態だと言えるだろう。密教の即身成仏である。

*

私は中村元訳の『ブッダ最後の旅』を読むうちに、修行完成者とは完全に光（如来）と合体した状態のイメージを抱くようになっていた。ブッダは菩提樹の下で修行完成者となられたのかもしれない。しかし、その状態を維持するために一修行者として歩み続けておられたのではなかろうか。

三十五歳の時、菩提樹の下で最初の悟り（光との出遇い）を得て、その後八十歳で修行完成者（釈迦如来）となるまでの四十五年間、時には光顔巍々と光との合一状態になりながらも一修行者として歩み続けられたのである。そのことを証するブッダ自らの言葉が、中村元訳『ブッダ最後の旅』にある。

スバッダよ。わたしは二十九歳で、何かしら善を求めて出家した。

スバッダよ。わたしは出家してから五十年余となった。

正理と法の領域のみを歩んで来た。

これ以外には〈道の人〉なるものも存在しない

道の人とは八正道を実践する人のことである。「八正道」というと何か難しそうに聞こえるが、難しいことを言っているのではない。

一、正見《しょうけん》（正しい智慧で見ること）
二、正思惟《しょうしゆい》（正しい思索をすること）
三、正語《しょうご》（真実の言葉を語ること）
四、正業《しょうごう》（正しい行為をすること）
五、正命《しょうみょう》（清く正しく生きること）
六、正精進《しょうしょうじん》（正しい努力を続けること）
七、正念《しょうねん》（正しい思いを持つこと）
八、正定《しょうじょう》（心の安定をたもつこと）

以上の八つであるが、八番目を除けば、小学校でも見られる「清く正しく美しく」と書かれた標語を想い出させるような、八つの正しく生きる人の道を説く言葉である。八正道は常人ではとてもできない苦行を求めているのではない。八正道を中道《ちゅうどう》とも言い、むしろ行き過ぎた苦行や言動を戒めているのである。

しかしこれが実践できない。

たとえば三番目の「正語」にしても、常に真理に合った言葉遣いをすることで、特に社会生活で守らなければならない。妄語（うそつき）、両舌（二枚舌）、悪口など、人を傷つけるような言葉を戒めている。

良寛は、自分は僧として何もできないが「正語」だけでもと思われたのか、自分自身の戒めのために書かれた戒語を集めた書が残っている。

一、ことばの多き
一、とはず語り
一、手柄ばなし
一、ふしぎ話

一、人の物いひきらぬ中にものいふ
一、よく心得ぬことを人に教ふる
一、はなしの長き
一、ついでなきはなし
一、いさかひ話
一、へらず口
一、たやすく約束する
一、口のはやき
一、さしで口
一、公事の話

などなど実に九十もの戒語が書き止められてある。私など思い当たることばかりで、とても守り切れない。

マザー・テレサは、「親切な言葉は、短くてするっと口にのぼりますが、その反響は無限です」と言っていたが、良寛はするっと口にする優しい言葉を身に着けようとしておられたのかもしれない。

「正語」一つでもなかなか難しいのに、まして「正業」や「正命」の無我の境地で清く正しく美しく生きるなど、欲望渦巻くこの世でできるものではない。

ブッダはそれを四十五年間守り通されたのである。そのことを自ら「正理と法の領域のみを歩んで来た」と言っておられる。私はブッダの偉大さはここにあると思っている。

死後の世界の有無——有見と無見

人は死んだらどうなるのかという問題にからんで、死後の世界は有るのか無いのかということが常に問題になる。

有ると思っている人もいれば、無いと思っている人もいる。いわゆる知識人などと言われる知性的な人は、死んだら何も無いと思っている人が多いが、感性で生きる一般の人の中には有ると思っている人が相当おられるようである。

仏教では死後の世界が有ると思う人の見解を「有見《うけん》」と言い、無いと思う人の見解を

「無見《むけん》」と言う。

有見とは、一切の存在が「有」であると主張し執着する見解で、すべての存在は永遠に常住し不滅であり、人は死んでもアートマン（我《が》）という固定した実体が永遠に続いて不滅であるという見解である。

無見とは、一切の存在は「無」になると主張し執着する見解で、すべてのものは虚無であり、断絶するものであり、人の一生もこの世限りのものであるとする見解である。

今日のわが国は、有見と無見の人に二分されているような社会となっている。

＊

戦後流行った唯物論という言葉を知らない人でも、「人は死んだら何も無いよ」と思っている人は多い。だから無なる死に直面した時、どのように死を受容するかが問題になってくる。来世の有無や来世の罪と罰の苦悩ではなく、無に帰する死をいかに受け止めるかに苦慮している。このことは、唯物思想がもたらした今日的な現象となっている。唯物論者の死のとらえ方が普遍的な思想となってしまった物質文明社会にあって、宗教を否定し、告別式やお別れ会、偲ぶ会といった葬送儀礼を生み、葬式無用論まで生んでいる要因は、この唯物思想に基づくと言ってもいいだろう。

実際の仏教葬でも、「死んだら無だよ」と思っている会葬者を前にして、成仏することや浄土へ送ることを目的として構築された各宗派の作法で仏教葬は執り行われている。私には、立派な袈裟を身に着けた導師を勤める僧侶が裸の王様のように映って見える。

唯物論は戦後、マルクス・レーニンの思想とともに大いに流行ったが、古代からあった思想で、アテネの哲学者エピクロス（紀元前三四一～二七〇）などは、魂の不滅を否定し、死後の世界を否定し、来世の存在を認めない哲学者であった。

しかしエピクロスの思想はやがて、快楽主義と非難されるようになっていく。なぜなら死後の世界を無とした時、人は死んだら何も無くなるのなら生きているうちが花だと、欲望と快楽に走るからである。エピクロスの唯物論は、現世を謳歌する快楽主義をもたらしたのであった。今日のわが国も、まさにこの世を謳歌する快楽社会になっている。

それに対して、死後の世界が有ると思っている有見の人も少なくない。たとえば「大霊界」という映画まで作った丹波哲郎を例にあげるまでもなく、霊魂を信じ輪廻転生を信じる人や来世を信じる人も少なくない。三島由紀夫は生前、臨済禅などを滔々と語っているのを何かで見た記憶があるが、結局、霊魂の不滅を信じる輪廻転生まがいの小説『豊饒の海』を書いて、陸上自衛隊東部方面総監部の総監室で「七生報国」という鉢巻きをして割腹自殺をして果てた。結局、三島由紀夫も仏教とは程遠い有見の人だったと言える。

＊

この有見・無見に関わる見解として、ゲーテの箴言《しんげん》が示唆に富んでいる。

「根源現象が私たちの感覚に対して裸のままで出現すると、私たちは一種の怖れを感じ、不安にさえ襲われる。それに出遇うと、〈感覚的な人たち〉は驚嘆のなかに逃げ込むのに対し、活動的な悟性（理解力）の持ち主は、もっとも高貴なものをもっとも卑俗なものと結びつけて、わかったと思おうとする」

世の知識人といわれる人たちの陥る最大の欠陥を、見事に指摘している。死という現象は、対象化してはわからない根源現象である。体験しなければわからないのに、最も卑俗なものと結びつけてわかったような顔をして見せるのが知識人といえる。「これこそ、知らないのに知っていると信ずること、すなわち無知ではないでしょうか」と言い残したソクラテスの格言にも通じる無知にほかならない。

有見にも無見にも問題がある。

有見の人も無見の人も、後の世が有るとか無いとか思っているのは自分であることに気づいていない。有ると執着するのも自我、無いと執着するのも自我、ということに気づかなければならない。

仏教は無我を前提に成り立っていることを忘れてはならない。親鸞は「正信偈」に大乗仏教の理論を大成させたナガルジュナ（龍樹菩薩）の見解を引用している。「悉能摧破有無《しつのうざいはうむ》見《けん》」と。そして親鸞は和讃している。

解脱の光輪きはもなし　光触《こうそく》かぶるものはみな
有無をはなるとのべたまふ　平等覚《びょうどうかく》に帰命せよ　――『浄土和讃』、『聖典』五五七頁

要するに、有ると思うのも無いと思うのも我執に過ぎないのだから、その考えは放棄しなさいということである。しかしそうした考えにこだわる我執は、なかなか放棄できない。けれど、弥陀の光に触れればたちまち離れられると、光を讃えておられるのである。

生と死が交差する瞬間――二種の回向

親鸞の主著『教行信証』の第一巻「教巻」の第一章には、

つつしんで浄土真宗を案ずるに、二種の回向あり。一つには往相《おうそう》、二つには還相《げんそう》なり。往相の回向について真実の教行信証あり。

――『聖典』一三五頁

と書き出されている。

私はこの冒頭にある二種の回向こそが親鸞仏教の根幹をなす思想であり、「光顔巍々」とともに『教行信証』を読み解くキーワードだと気づいた。

普通「回向」とは、自分の積んだ善根を仏のほうへ差し向けるのを回向とみなしている。具体的には追善供養といって法要を行うのもその一例で、今日でも一般に行われている。しかし親鸞は、回向とは仏のほうから衆生のほうへはたらきかけてくるのであって、人間の善根や努力で往生などできないと思っていた。往相回向も還相回向も如来のはたらきであるとしている。

＊

そのことを、ある高名な宗教学者が次のように解説している。

「阿弥陀如来は念仏すれば極楽世界に往生できるように人間をし向けたばかりでなく、その人間を極楽浄土にしばらくおいて、またこの世に帰るようにし向けたというのである。わかりやすく言えば、阿弥陀仏は念仏信者の人間に極楽行きのキップを与えたばかりでなく、極楽からこの世へ帰るキップも与えたというのである。つまり、念仏者は阿弥陀様から極楽世界への往復キップをもらって、死ぬとこの世から極楽世界へ行くばかりでなく、還りのキップをもらってしばらくすると極楽世界からこの世界へ帰ってくるわけである。親鸞は、この二種の回向の思想こそ浄土真宗の真髄をなす思想であると言うのである」

一般の人にもわかるようにと書かれた方便論だが、一般の人はこの文を読んでどんなイメージを描くだろうかと私は思った。

おそらく人間が阿弥陀如来から往復キップをもらったら、あの世とこの世を往ったり来たりするイメージを抱くのではないだろうか。あの世とこの世が地続きのようなイメージを抱かせる。

戦後の思想界に大きな影響を与えた丸山真男は『日本の思想』の中で、「古代から日本人は〈永遠〉を現在の時間を無限に延長したものとしてとらえ、あの世とこの世も地続きにそのまま引き延ばした世界をイメージしてきた」と言っていた。

地続きだから死後の世界に地獄・極楽が登場したり、三途《さんず》の川があって、頭陀袋に六文銭を入れた巡礼姿の死者や古代中国の裁判官の服装をした閻魔大王などが登場することになるわけである。永遠の概念にこの世に実在するものを持ち込むことは、永遠がこの世を引き延ばしたような世界と同様なイメージを人びとに抱かせるのではないだろうか。

私は葬式の現場で、納棺の際に死者に手甲《てっこう》・脚絆《きゃはん》を着けろとか、草鞋《わらじ》や杖をお棺に入れろとか言われたり、また死後の世界とこの世は地続きだけど、生と死は逆の世界だから何でも逆にしろと怒鳴られたこともあった。たとえば屛風を逆さまに立てるとか、羽織を逆さまに掛けるとか、逆さ湯で死体を拭くとか、香典帳も香典袋も逆さに綴じろとか、それらは日本神道の思想からのしきたりで、神仏習合の名残りなのか今日の仏教葬でも風習として残っている。

根強く残る地続き思考が先の文にも見られるわけで、いかがなものかと思ってしまう。

先述の文を書かれた学者ばかりではない。仏教界全体が何とも思わなくなっているのである。この往相回向・還相回向の解釈で私が最も気になるのは、一般的に、「極楽浄土へ往生して、再びこの世へ戻ってきて、生きとし生けるものを教化し救済すること」と説かれていることである。極端な例は、浄土へ往生した後、あの世で菩薩となって修行して、人を教化する術を身に着けて戻ってくるという丁寧な説明までしてある解説書もある。

一般の人は、こうした説明を聞いているうちに、仏土（浄土）とは地続きの死後の世界のようなイメージとして脳に貼りついてしまうのではないだろうか。

＊

私は自分の体験から、浄土は、条件が整った時にだけ顕れる虹のような実体のない世界だと思っている。実体がないが、宇宙に引力が存在するように、確かに存在する真実の世界だと思っている。

だから二種の回向も、まったく違うイメージでとらえている。人は死を受容した瞬間、すなわち生死一如の瞬間に光に出遇うと確信している。

その光に出遇うと不思議な現象が起きる。

まず生への執着がなくなり、安らかな清らかな気持ちになり、すべてを許す心になり、あらゆるものへの感謝の気持ちがあふれ出る状態になる。おのずからそうなるのである。危篤状態の人が、急に明るい顔になり、「ありがとう」と言ったり、口がきけない場合でも、感謝の気持ちいっぱいの目で応えたりする親族の臨終の場に立ち会った人も多い。

私は、生への執着がなくなり、死への抵抗がなくなるということは、煩悩が消滅し生死を超えたということであり、安らかな清らかな気持ちになるということは、涅槃寂滅を得たことであり、すべてを許すということは、善悪を超えたことであり、あらゆるものへの感謝の気持ちがあふれ出るということは、回向のことではないだろうかと思った。であるなら、この光に遇えば、大乗仏教が目指す最終目的へ一瞬のうちに到達することになる。親鸞が「不可思議光」と名づけたのも、ここにあると思っている。

もしそうであるなら、「往生して、しばらくして還ってくる」といった時間的表現はおかしいことになる。親鸞は、「一念須臾《しゅゆ》のあひだに、すみやかに疾く無上正真道《しょうしんどう》を超証《ちょうしょう》す。ゆゑに横超《おうちょう》といふなり」（『教行信証』、『聖典』二五四頁）と言っている。須臾とは、千兆分の一の単位を表す漢文化圏の数を示す単位である。一瞬のうちに横ざまに超えるのである。

私は、叔父の臨終の際、叔父が急に明るい顔になって「ありがとう」と言った瞬間、土下座して叔父の手を握って泣いていた。

そもそも仏教がいう〈生死一如〉の視点に立つなら、道元が言うように「生から死へうつるとこころえるは、これあやまりなり」なのであって、われわれは生死一如と言いながら、なお生と死を分けて思考しているようなところがある。

たとえば私も「生と死が交差する瞬間」などと言っているが、道元が言うように、本来、生死一如が真実なのに、生と死を分けて思考していることにほかならない。むしろ、生死一如の真実に出遇った時と言ったほうが正しいと言えるだろう。

とにかく、この生死一如の状態の時この光に遇うのであれば、そこには時間的経過などないと言っていい。仮に時間的推移が多少あったとしても、卑近な例をあげれば、闇の中で電灯が点ったら瞬時にあたりが明るくなるように、横超には時間の経過などない。だから私は、往相回向は光の速さで還相回向へと変換されるのだと思っている。いや変換というより、仏語で〈慈悲〉と表現される大悲と大慈はもともと一体のもので、条件によって大悲となって顕れたり大慈となって顕れたりするのではないだろうかと思うようになっていた。

大きな悲しみから大きな優しさへ――大悲大慈

人は、みんな悲しみを背負って生きている。
新美南吉の童話に、「でんでんむしの　かなしみ」という作品がある。

いっぴきの　でんでんむしが　ありました。
ある　ひ　その　でんでんむしは　たいへんな　ことに　きが　つきました。
「わたしは　いままで　うっかりして　いたけれど、わたしの　せなかの　からのなかには　かなしみが　いっぱい　つまって　いるでは　ないか」
この　かなしみは　どう　したら　よいでしょう。
でんでんむしは　おともだちの　でんでんむしの　ところに　やって　いきました。
「わたしは　もう　いきて　いられません」
と　その　でんでんむしは　おともだちに　いいました。
「なんですか」

と　おともだちの　でんでんむしは　ききました。
「わたしは　なんと　いう　ふしあわせな　ものでしょう。わたしの　せなかの　からの　なかには　かなしみが　いっぱい　つまって　いるのです」
と　はじめの　でんでんむしが　はなしました。
　すると　おともだちの　でんでんむしは　いいました。
「あなたばかりでは　ありません。わたしの　せなかにも　かなしみは　いっぱいです。」

　それじゃ　しかたないと　おもって、はじめの　でんでんむしは、べつの　おともだちの　ところへ　いきました。
　すると　その　おともだちも　いいました。
「あなたばかりじゃ　ありません。わたしの　せなかにも　かなしみは　いっぱいです」
　そこで、はじめの　でんでんむしは　また　べつの　おともだちの　ところへ　いきました。

　こうして、おともだちを　じゅんじゅんに　たずねて　いきましたが、どの　ともだちも　おなじ　ことを　いうので　ありました。

　とうとう　はじめの　でんでんむしは　きが　つきました。

「かなしみは　だれでも　もって　いるのだ。わたしばかりでは　ないのだ。わたしは　わたしの　かなしみを　こらえて　いかなきゃ　ならない」

　そして、この　でんでんむしは　もう、なげくのを　やめたので　あります。

新美南吉は、生まれ育った知多半島の岩滑《やなべ》周辺の自然の中で、人と動物や虫や草花とのふれあいを通して、生きる悲しみを温かく描いた作品が多い。悲しみを歌っていながら、ほのぼのとした優しさが漂っている。

　人は悲しみが多いほど
　人には優しくできるのだから

これは海援隊・武田鉄矢の「贈る言葉」の歌詞の一節であるが、でんでんむしが背中の殻に悲しみが詰まっていると自覚し、みんな悲しみを背負って生きているのだと知った時、悲しみは優しさに入れ替わっている。しかし、三毒（貪欲・瞋恚・愚痴）、すなわち、自己執着の心を内に抱えたままの悲しみは、恨みや怒りへと向かっても、優しさへとは向かうことはない。

＊

仏教では生死《しょうじ》の根源的な悲しみを大悲《だいひ》と言う。ここでの大悲とは、個人の悲しみを言うのではない。生きとし生けるものの悲しみを、一身に背負い込んだ悲しみのことである。親鸞は「大悲は弥陀の光明なり」と言い、「この大悲をいひて浄土の根《こん》とす」（『教行信証』、『聖典』三五九頁）と言う。要するに、大きな悲しみは阿弥陀如来の光であって、その大悲の光が浄土へ導くきっかけとなるのだと言っておられる。

私には思い当たることがあった。

私は八歳の時、満州で終戦を迎え、難民収容所にいた。一歳の弟ははやくに死に、母が発疹チフスで倒れ、母と離れ離れとなり、三歳の妹と知らない人たちの中にいた時、朝目覚めたら妹が死んでいた。その妹の遺体を満州の荒野に捨ててきた。氷点下三十度の寒い朝だった。悲しみがダイヤモンドダストのようにキラキラと目の前を流れていた。戦争が悪いとか、国家が悪いとか、そんなことは考えもしなかった。私は八歳であった。ただ大きな悲しみに包まれている感覚だけがいつまでも残った。

あの大きな悲しみに包まれた瞬間こそが、弥陀の光明に出遇った瞬間だったのではないだろうかと今になって思うのだった。

大悲が弥陀の光明であるなら、その光は摂取不捨の光であって、光のほうがつかんだら離さない。

私が、八歳の少年の日に触れた大悲（光）が私を導き、何をやっても失敗と挫折を繰り返してきたのも、私が仏の道に外れたことをしようとしたからで、やがて納棺夫となって蛆が光って見える清浄光明な世界へ導かれたのも、あの大悲、すなわち如来のはたらきではなかったかと思うのだった。納棺夫になったのさえ、定められた宿命だったのではないかと思った。

大悲は大慈を伴うという。大きな悲しみは大きな優しさを伴うのである。

そのことを実証する出来事があった。

二〇一一（平成二十三）年三月十一日、東日本大震災が起きた。その一か月前の二月十日に、NHKは「無縁社会」の特集番組を報道していた。その無縁社会という言葉が話題となっていた最中に大災害が起きたわけだが、翌日からは「絆」とか「一人でないよ」とか「東北がんばれ」と日本中が心一つになって叫んでいた。一夜のうちに優しさに満ちた「和」の有縁社会に変わっていた。

一九九五（平成七）年の阪神・淡路大震災の時もそうであったが、大きな悲しみを自分の悲しみとして受け止めた時、他を慈しむ心が生まれる。その大悲が大慈へと変わる現象こそが如来のはたらきだと私は信じて疑わない。

聖徳太子が「和以為貴（和を以て尊しと為す）」と憲法十七条の第一条に据えたのは、仏教に出遇って「和」は仏性の顕れであると気づかれたからであった。だから第二条は三宝を敬えとあるのである。太子の和は仏教の大悲大慈から生まれた和であった。親鸞が太子を崇敬してやまぬゆえんであろう。

＊

しかし人びとは時間が経つと、「共に痛みを分かち合おう」と言ったことなど忘れて、「被災地の瓦礫受け入れ反対、瓦礫は現地で処理すべきだ」と言ったりしている。

親鸞は人間の心の底にある救い難い本性を見抜いていた。

慈悲に聖道《しょうどう》・浄土のかはりめあり。聖道の慈悲といふは、ものをあはれみ、かなしみ、はぐくむなり。しかれども、おもふがごとくたすけとぐること、きはめてありがたし。浄土の慈悲といふは、念仏して、いそぎ仏に成りて、大慈大悲心をもつて、おもふがごとく衆生を利益《りやく》することをいふべきなり。今生《こんじょう》に、いかにいとほし不便《ふびん》とおもふとも、存知《ぞんじ》のごとくたすけがたければ、この慈悲始終なし、しかれば、念仏申すのみぞ、すゑとほりたる大慈悲心にて候ふべきと云々。

——『聖典』八三四頁

『歎異抄』にある文だが、ここで言っていることは、どんな善意も人間の計らいでやることには限界がある、しかし思うままに利他の行為をするには、念仏して仏となって回向するしかないと言っているのである。

私は、大悲は往相回向であり、大慈は還相回向であると思っている。大悲は弥陀の光明であり、大慈もまた不可思議光のはたらきである。それを他力と言うのだが、〈慈悲〉という仏語にそのことが凝縮されているように思えてならない。

ちなみに鈴木大拙は、宗教の役割は人間を破滅から救うことにあるとし、「今日の世界に大悲があるだろうか。智は悲（慈悲）によってその力をもつのだということに気づかなくてはならぬ」と、知ばかりを重視する現代社会に警鐘を鳴らしておられた。

臨終に立ち会う大切さ――臨終来迎

私が『納棺夫日記』を上梓してから多くの講演をしてきたが、一貫して訴えてきたのは臨終に立ち会う大切さであった。

そんな講演を聴いた人からお手紙をいただくことがあった。

この度の講演を聴いた○○です。あれから間もなく青木さんが講演でお話しなさったことを体験しました。

この五日に母を亡くしました。訪問介護の支援を受けながら姉妹で二十四時間体制の自宅介護を行ってきました。九十歳の母でした。

今、半分は現実感の中で悲しみは尽きないのですが、不思議な満たされた気持ちなのです。母と共に死を迎えた実感というのでしょうか、私は主治医から言われ、十五分おきに割り箸の先に水を含ませたガーゼで母の口を湿らせていました。母はおいしそうに小さな口を動かしていました。動かす力が少し弱くなって呼吸がおかしいことに気づき主治医を呼びましたら、「最期です」と言われました。

私たちは必至で母を呼び続けましたが、母の表情はどんどん優しく、微笑んでいるような顔になっていくのです。その母の顔は気高く、ほんとうに美しい表情に変わっていったのです。青木さんから臨終の瞬間に立ち会う大切さを教わり、母と共に過ごせたことはかけがえのない幸せでした。ほんとうにありがとうございました。

日ごろ寺などへ通い、僧侶から臨終来迎や弥陀の本願の解釈を説き聞かされても、自らが肉親の臨終に立ち会わない限り、この手紙の主のような〈かけがえのない幸せ〉を感じることはないであろう。私が臨終に立ち会うことを勧めるのは、こうした体験をした後に仏法を聞けば、心に届くだろうと思うからである。

それに反して、同じ講演会場にいながら、後に控え室などで、「今日のお話は、臨終来迎ですね。親鸞は、第十九願を重視されていない」と浄土真宗の若い僧侶に指摘されたことがあった。

＊

確かに、私が言う生と死が交差する瞬間に光に遇うという現象は、命終わる時に臨んで、如来が現出するのと変わりない。だから私の体験談からしても臨終にこだわっているように思われても仕方がないが、特にこだわっているわけではない。

親鸞は「臨終の称念をまつべからず」（『尊号真像銘文』、『聖典』六四四頁）と言ったが、それは臨終を迎えて思い出したように念仏をするのでなく、日々念仏生活を送るべきだと言っているのであって、第十九願を否定しているわけではない。親鸞自身、源信や法然の影響を受け最初は第十九願に眼が向いていたから「三願転入《さんがんてんにゅう》」ということが言われるのであろう。三願転入とは、親鸞の長い求道《ぐどう》遍歴の過程において、第十九願の道より第二十願を経て第十八願の道に転入したということを親鸞自身『教行信証』「化身土巻」に記しているからだが、先の僧侶の発言は、そうした過程も踏むことなく、頭で経典を読み、「臨終」という言葉尻だけをとらえた発言のように思えた。私の話を聞いて「かけがえのない幸せ」と受け取った聴衆がいるのに、同じ話を聞いていて、何を理屈っぽいことを言うのだろうと思った。

＊

私は、光の臨終来迎は信じるが、第十九願にこだわっているわけではない。なぜなら人生の最高の幸せは、生・老・病・死の全過程を安心して生きることだと思っているからで、死の直前に安心の世界に出遇っても、仏教の本意ではないと思っているからである。

たとえば、正岡子規が死の二日前まで書き続けた『病牀六尺』の、明治三十五（一九〇二）年六月二日付の文がある。

悟りといふ事は如何なる場合にも平気で死ぬる事かと思つて居たのは間違ひで、悟りといふ事は如何なる場合にも平気で生きて居る事であつた。

この文を書いた三か月後の九月十九日に子規は亡くなるのだが、私は子規が真実に気づいたが真実を生きたわけではないと思っている。気づきで終わっている。死の直前であっても、気づかないより気づいたほうがよいが、仏教は本来、いかなる場合でも平気で生きる道を説く教えである。

しかしわれわれは癌と宣告されればうろたえるし、地震や津波が来れば動転する。

良寛は一八二八（文政十一）年にあった越後三条の大地震の時、友人の山田杜皐《とこう》へ送った手紙に、「地震は信に大変に候、野僧草庵何事もなく候、親類中死人もなくめで度存候、（中略）災難は逢う時節には災難に逢うがよく候、死ぬる時節は死ぬるがよく候、是はこれ災難を逃るる妙法にて候」と書き綴っている。

災難に逢う時は災難に逢い、死ぬ時は死んだらいいとは、被災者の心を逆なでするような発言だと誤解する人もいるだろう。しかしこの文は良寛自身がそうした事態に直面した時の禅僧としての覚悟を語っているのであって、被災者に向かって言っているのではない。気心も知れ、仏教も十分理解していた友人、山田杜皐への手紙である。

仏教は、どんなことがあっても今を安心して生きることを重視する教えである。

しかし普通の人は、どんなことがあっても平気で生きることなどできない。できないから南無阿弥陀仏と弥陀の力添えを得て正定聚《しょうじょうじゅ》として今を生きる道を説いたのが、他力本願の親鸞の説く教えである。

仏典や経典の喩え話――方便と真実

　臨終来迎の思想をわが国の人びとに植えつけたのは、平安時代中期に登場した恵心僧都源信であった。紫式部は『源氏物語』の中に「横川《よかわ》の僧都」という名で登場させている。その彼が著した『往生要集』は、後の浄土門に大きな影響をもたらすことになった。『往生要集』の第一巻は八大地獄の描写から説き始められている。これでもかこれでもかと地獄の有様を克明に描き、当時の人びとを恐怖のどん底へ落とすように仕向けている。次の二章は一転してきらびやかな極楽浄土が描かれ、人びとをほっとさせるようになっている。わかりやすく具体的な地獄・極楽を連想させ、「厭離穢土《おんりえど》・欣求浄土《ごんぐじょうど》」の思想を末法の到来を信じる当時の人びとの心に植えつけたのであった。日本人の心に地獄・極楽のイメージが定着したのはこの本によると言っても過言ではないほど、弥陀来迎図や地獄絵など、絵画や文学に大きな影響を及ぼした。

また『往生要集』の「臨終行儀」には、重い病気にかかって臨終を迎えようとする人に対し、同志の者が集まって看取る仕方が詳しく説かれている。その中の一つに、臨終の際に北枕とし、顔を西に向け、阿弥陀像の指に五色の絹糸をかけ、その端を死に往く人の指に結わえて死に臨ませる作法までこまごまと記されている。時の権力者・藤原道長も指に五色の糸を結わえて死に臨んだと伝えられているほど、民衆から権力者にまで影響を及ぼした。

やがて比叡山の僧侶二十五人で「二十五三昧会」という結社を作り、病人が出れば看護に当たり、看護の者は、臨終の者に、お迎えがあるかないかを尋ね、もし苦しく、あるいは怖いような顔をした時などは、一緒に念仏をして浄土往生の手助けをする。亡くなれば葬式から四十九日の法事までこまごまと取り決めて行っていた。その作法が民衆にも広がり、今日でも地方の葬式の現場ではその葬送作法の一端を見ることがある。源信が臨終にこだわったのは、阿弥本願の第十九願に依るものであった。

たとひわれ仏を得たらんに、十方の衆生、菩提心を発《おこ》し、もろもろの功徳を修《しゅ》して、至心発願《ししんほつがん》してわが国に生ぜんと欲《ほっ》せん。寿《いのち》終るときに臨んで、たとひ大衆と囲繞《いにょう》してその人の前に現ぜずは、正覚《しょうがく》を取らじ。

――『大無量寿経』、『聖典』一八頁

ここで言われていることは、浄土へ往きたいと欲して念仏する人の前には、命が尽きる時に必ず阿弥陀如来が迎えに現れる。もしそうした現象が生じなければ仏などにならないという願である。

この第十九願を重視した源信の布教活動によって、「なむあみだぶつ」と称えれば阿弥陀さまが迎えに来てくださるという思想を僧侶たちが説き、観音と勢至菩薩を伴って阿弥陀如来が雲に乗って下りてくる弥陀来迎図など、視覚的に具体化されると一気に庶民に定着してゆくのである。その影響は計り知れぬほど大きかった。

しかし源信の功罪もまた、計り知れない大きな禍根を残すこととなった。

それは喩え話に「有見」の思想を持ち込み、この世とあの世が地続きのイメージを定着させてしまったことにある。源信はそんなつもりではなく、あくまでも念仏為先を説くためであったことは、親鸞が「正信偈」に書き留めた源信を讃える句でもわかる。

極重の悪人はただ仏を称すべし。われまたかの摂取のなかにあれども、煩悩、眼《まなこ》を障《さ》へて見たてまつらずといへども、大悲、倦《ものう》きことなくしてつねにわれを照らしたまふといへり。

(極重悪人唯称仏　我亦在彼摂取中
煩悩障眼雖不見　大悲無倦常照我)

――『教行信証』、『真宗聖典』二〇七頁。( )内は経典原文

源信が地獄・極楽を描いたのは方便であったが、とかく方便が独り歩きしてしまうのが世の常である。

*

方便と言えば、仏像も方便法身像と称されるように、眼に見えない仏法を眼に見えるように人格化して像にしたものである。

仏教が一気に広まったのは、仏像が造られるようになったからだとも言われている。ニューデリーのインド国立博物館へ行くとわかるが、ブッダの死後五百年間まで展示されているのはブッダの像ではなく、菩提樹の下で梵天と帝釈天が手を合わせているレリーフだ

けである。その間を、仏法が正しく伝わった正法《しょうぼう》の時代と言っている。

最初に仏像が生まれたとされるガンダーラの初期の仏像は、ギリシャ風の髪型のブッダ像であるようにギリシャ彫刻の影響が見られる。ギリシャ神話の神々は人間の肉体をもつ人格神として表現されている。アレキサンダー大王のインド遠征から始まった西側世界との異文化交流の中で、仏像が生まれたとしても不思議ではない。

わが国の仏教は、仏像と一体化して渡来した。長野の善光寺も浅草の浅草寺も、淀川や浅草湾で漁師によって発見された仏像が縁起となっている。

私がここで言いたいことは、眼に見えない法（光）を眼に見えるようにするために仏像を造ると大いに広まるが、やがて人びとは方便であるはずの仏像を信仰の対象とするようになり、法（光）を見失ってしまうことである。

そのことは仏典でも言えることで、言葉で表現できない法を言葉で表現するには喩え話を用いるしかないから、仏典や経典のほとんどは比喩の方便で表現されているのだが、人びとはそれを真実だと思い込んでしまう。

ブッダはそのことを危惧して「教えの内容を拠りどころにして、言葉に依るなかれ」と戒めている。にもかかわらず仏典を作り、仏像を造ったのは後世の人間たちであった。

親鸞は、八万四千もある仏教経典は真実へ導くための仮門（方便）とみなしていた。

空海もこんな言葉を残している。

我の習う所は古人の糟粕なり。目前に尚も益なし、況や身斃るるの後をや。この陰すでに朽ちなん。真を仰がんには如かず

＊

都の大学で高級官僚への道を目指していた空海が突然大学をやめて、山林に分け入り仏道修行を始めた時の悲壮な決意文である。この文意は、「私が今大学で習っているのは、古代の聖人が唱えた言葉の糟粕、つまり死んだ知識である。生きているこの瞬間にとって何の役にも立たないし、まして死後のためには言うも愚かだ。こんな知識はもう意味がない。まことの道、すなわち仏道を精進するに勝るものはない」と宣言したのであった。ここで言う「糟粕」とは「酒糟」のことである。何と的を射た表現であろうか。酒糟は酒の匂いはするが、酒ではない。酒糟をいくら科学的に分析して合成しても清酒は造れない。

過去の聖人がこんな言葉を残したとかその意味はこうだとか学んだとしても、それは空海の言葉を借りれば古人の酒糟であって、知識は知識である。知識をいくら学んでも、行（体験）がなければ、証（悟り）など望むべくもないであろう。

この知識学問と真の信心に関して親鸞も貴重な体験をしておられる。その体験の様子は親鸞の妻、恵信尼が娘の覚信尼に宛てた手紙に見ることができる。

善信《ぜんしん》の御房《おんぼう》（親鸞）、寛喜三年四月十四日午《うま》の時ばかりより、かざ心地《ごこち》すこしおぼえて、その夕さりより臥して、大事におはしますに、腰・膝をも打たせず、てんせい看病人をもよせず、ただ音もせずして臥しておはしませば、御身《おんみ》をさぐればあたたかなること火のごとし。頭《かしら》のうたせたまふこともなのめならず。

さて、臥して四日と申すあか月、くるしきに、「まはさてあらん」と仰せらるれば、「なにごとぞ、たはごととかや申すことか」と申せば、「たはごとにてもなし。臥して二日と申す日より『大経』をよむことひまもなし。たまたま目をふさげば、経の文字《もんじ》の一字も残らず、きららかにつぶさにみゆるなり。さて、これこそこころえぬことなれ。念仏の信心よりほかにはなにごとか心にかかるべきと思ひて、よくよく案じてみれば、この十七八年がそのかみ、げにげにしく三部経を千部よみて、すざう《（衆生）》利益《りやく》のためにとてよみはじめてありしを、これはなにごとぞ、〈自信教人信《じしんきょうにんしん》　難中転更難《なんちゅうてんきょうなん》〉（礼讃）とて、みづから信じ、人を教へて信ぜしむること、まことの仏恩《ぶっとん》を報《むく》ひたてまつるものと信じながら、名号のほかにはなにごとの不足にて、かならず経をよまんとするやと、思ひかへしてよまざりしことの、さればなほすこし残るところのありけるや。人の執心、自力のしんは、よくよく思慮あるべしとおもひなしてのちは、経よむことはとどまりぬ。さて、臥して四日と申すあか月、〈まはさてあらん〉とは申すなり」と仰せられて、やがて汗垂《た》りてよくならせたまひて候ひしなり。

――『恵信尼消息』、『聖典』八一五～八一六頁

親鸞と別れて何十年も経ているにかかわらず、恵信尼が親鸞と共に過ごした日々の記憶の中に親鸞の思想形成の核心ともいえる体験が語られている。『大無量寿経』の一字一句を眼に浮かぶほど暗記していても、三部経（無量寿経・観無量寿経・阿弥陀経）を千部読んでも、自らが信じて人を教えて信ぜしむることなども難中の難であって、できそうもない、ただ名号のほかにないということに気づいた親鸞の回心体験と言えよう。この寛喜三（一

二三二）年の高熱の中での回心体験が、親鸞に大きな転機をもたらしたように思えてならない。親鸞五十九歳の時の出来事である。この二、三年後に恵信尼と別れ、常陸の国から京都へ戻られたのである。

恵信尼の手紙には「自信教人信　難中転更難」に続く語句が省かれているが、善導の『往生礼讃』では「大悲伝普化　真成報仏恩」と続くのである。ところが親鸞は、後に著した『教行信証』の「信巻」と「化身土巻」の二か所に引用して、「大悲伝普化」を「大悲弘普化」と、「伝」を「弘」としている。「伝」であれば、「大悲伝えてあまねく化す」となり、「弘」であれば、「大悲ひろくあまねく化す」となる。

要するに親鸞は、人が大悲を伝えてあまねく人々を教化するのではなく、大悲そのものが弘くあまねく人を教化するのだとしたのである。まさに他力思想の根幹をなす回心体験の思想化といえる。こうした到達点は、知識をいくら学んでも得られるものではない。仏典に「汝自当知（汝自らまさに知るべし）」とあるように、自らの体験しかないのである。チベット仏教では、「仏典を語るな、体験を語れ」と修行僧を指導する。顕教から密教へ進んだ修行僧の最終目的は〈永遠のいのちの光〉との合一体験だからである。

＊

ここで言い添えておかねばならないことがある。仏教を十分学んだ人はともかく、一般の読者には、知識は必要がないと勘違いされるかもしれない。知識はいくら学んでもそれに越したことはない。大いに学ぶべきだと思う。特に仏道を正しく導く善知識からの学びは大切である。

法然が『一枚起請文』で伝えようとしたことは、まさに前述した恵信尼の手紙にあるような親鸞の気づきの大切さを言っている。

もろこし（中国）・わが朝《ちょう》に、もろもろの知者達の沙汰《さた》しまうさるる観念の念にもあらず。また、学文をして念の心を悟りて申す念仏にもあらず。ただ往生極楽のためには南無阿弥陀仏と申して、疑《うたがい》なく往生するぞと思ひとりて申すほかには別の子細候はず。ただし三心《さんしん》・四修《ししゅ》と申すことの候ふは、みな決定《けつじょう》して南無阿弥陀仏にて往生するぞと思ふうちに籠り候ふなり。このほかにおくふかきことを存ぜば、二尊《にそん》のあはれみにはづれ、本願にもれ候ふべし。念仏を信ぜん人は、たとひ一代の法をよくよく学すとも、一文不知《いちもんふち》の愚鈍の身になして、尼入道の無智のともがらにおなじくして、智者のふるまひをせずして、ただ一向に念仏すべし。

——『聖典』一四二九頁

当時の日本で、「本朝第一の智者」と言われていた法然が、死期が近づいた時、弟子たちに頼まれ口頭で述べた言葉を弟子が筆記した文である。ここに見られるように、知識を否定しているのではなく、一代の法を学んでも、その知識をひけらかし智者のふるまいをしないようにと誡めているのである。親鸞もこんな和讃を残している。

よしあしの文字《もんじ》をもしらぬひとはみな　まことのこころなりけるを
善悪の字しりがほは　おほそらごとのかたちなり

——『正像末和讃』、『聖典』六二二頁

この和讃だけを取り上げるなら、知識のない人は、まことの心があって、なまじ知識を得た人は、おおそらごと（真実でない）かのように受け取られるだろう。知識を否定しているのではない。何が優先かということである。私がもし、仏教の知識に出遇わなかったら、親鸞という善知識に遇わなかったら、そして『教行信証』に出遇わなかったら、蛆の光を如来の光明と思ったり、叔父の臨終時の柔和な顔と釈尊の光顔巍々を重ねてイメージすることなどなかったであろう。そうした正しく仏道へ導く知識に出遇えたことに、いくら感謝しても感謝しきれないと思っている。親鸞も、己の体験から如来大悲の恩徳を第一としながらも、善知識の恩徳も忘れてはならないことをきちんと押さえておられる。

如来大悲の恩徳は　身を粉《こ》にしても報ずべし
師主知識の恩徳も　ほねをくだきても謝すべし　――『正像末和讃』、『聖典』六一〇頁

いのちのバトンタッチ――至心・信楽・欲生

親鸞は『教行信証』の後書きに、『安楽集』から引用した道綽禅師の真言を記して締めくくっている。

前《さき》に生《うま》れんものは後《のち》を導き、後に生れんひとは前を訪《とぶら》へ、連続無窮《むぐう》にして、願はくは休止《くし》せざらしめんと欲す。無辺の生死海《しょうじかい》を尽さんがためのゆゑなり

――『聖典』四七四頁

ここでの「前に生れんものは」とは、先に浄土へ生まれたものはという意味である。先に浄土へ生まれたものは如来となって残った人を導いて、やがてその残った人も如来に導かれて浄土へ往き、次の残った人を導く。そうした繰り返しを連続無窮に継承してゆくことこそが、無明の闇をさまよう人類を救うと説いているのである。

私は、『納棺夫日記』を上梓してから二十年間で二千回ほどの講演を全国各地で行ってきた。その二千回の講演のテーマを一貫して「いのちのバトンタッチ」としてきた。あえてこの演題にこだわってきたのは、〈前に生れんものは後を導き、後に生れんひとは前を訪へ〉ということとの大切さを訴えたかったからであった。

私が「いのち」とひらがなを用いるのは、「無量寿」をイメージして用いているのだが、ほとんどの人にわかってもらえなかった。

私が「いのち」と発言すると、人びとは個の命をイメージして聴いているように思えた。

生まれてから死ぬまでの個体としての命だと思っているのである。

また、「ひかり」と言うと、人びとは普通の「光」のことを思って聴いていた。私は影ができない無碍光のつもりで言っているのに、人びとは遮断物があれば影ができる太陽や電灯やローソクの光をイメージしていた。

ゲーテが死に直面した時、「もっと光を！」と叫んだら、付き人が窓のカーテンを開けたという逸話が残っている。この窓のカーテンを開ける付き人のような聴衆を前にして、私も「いのちの光」について話していたのであった。

＊

先にも述べたが、親鸞聖人は「南無阿弥陀仏」のことを「帰命無量寿如来　南無不可思議光」と「正信偈」の冒頭に記している。

無量寿如来とは「永遠のいのち」のことである。不可思議光とは「無碍光」にほかならない。この二つの語を一つに合成すれば、「永遠のいのちの光」に帰命（＝南無）するということになる。南無阿弥陀仏とは、永遠のいのちの光に南無すること、すなわち溶け込んで光と一つになることである。

法然は『選択本願念仏集』で、「我が末法の時の中の億々の衆生、行を起こし道を修せむに、いまだ一人として得るものあらず」と『大集月蔵経』の言葉を引用して、今までの修行の仕方では誰一人悟った人はいない、ゆえに念仏しかないのだと、南無阿弥陀仏と称えることを勧めた。その法然を師と仰いだ親鸞は、「親鸞におきては、ただ念仏して弥陀にたすけられまゐらすべしと、よきひと（法然）の仰せをかぶりて信ずるほかに別の子細なきなり」（『歎異抄』、『聖典』八三二頁）と述べて、『教行信証』の後書きで、「ひそかにおもんみれば、聖道の諸教は行証《ぎょうしょう》久しく廃れ、浄土の真宗は証道《しょうどう》いま盛んなり」（『聖典』四七一頁）と記しておられる。

私は、先ほど述べた二千回の講演の大半は、『納棺夫日記』に親鸞を取り上げたこともあって、浄土真宗のお寺からの講演が多かった。北海道の網走から鹿児島の先端まで、多くの真宗寺院へ出向いたが、親鸞が書き残した「浄土の真宗は証道いま盛んなり」という感じを受けることはなかった。立派な伽藍《がらん》（寺院の建物）はあるが「証道いま盛んなり」とはとても思えなかった。

寺に生まれ、幼いころから南無阿弥陀仏と称える声を聴いて育ち、大学は宗門の大学を出て、副住職、住職として葬式や法事で南無阿弥陀仏と始終称えている念仏僧に、行証が見られないのはなぜだろうかと思った。

法然の、「我が末法の時の中の億々の衆生、行を起こし道を修せむに、いまだ一人として得るものあらず」という言葉が、今日の浄土門の僧にもあてはまるような気がした。

今日の僧も一般の人も、浄土へ往きたいと思う気持ちが起きないからではないだろうか。往きたいと思わないのは、浄土とは何か、無量寿如来とは、不可思議光とは、それが何であるのか、イメージできないからではないだろうかと思った。それがすべてではなくても、大きな要因であることに間違いないだろう。その要因は、〈われ指をもって月を指《おし》ふ、なんじをしてこれを知らしむ、なんぢなんぞ指を看て、しこうして月を視ざるや〉と仏典にあるように、指さすところを見ないで、指を見ているからではないだろうか。指を見て指さす方を見なければ、その先にある浄土はもちろん、「無量寿如来」も「不可思議光」もわかるはずがない。

浄土のイメージが生じないのに、浄土へ生まれたいという欲生《よくしょう》が起きるだろうか。

子どもが「おかあさーん」と叫ぶのも、へその緒が繋がっていた時から体で憶えた母親のイメージがあるからである。無量寿如来も不可思議光も、すなわち「いのちの光」のイメージがまったくないのに、南無しても、帰命しても、それは欲生（浄土に生まれたいと望む心）の伴わない口称の空念仏以外の何ものでもないであろう。また諸仏が誉めているからとか、過去の高僧たちが奨励しているのだから無条件に信じて称えていればよいのだと言われても、知の鎧を着て身構える現代人には伝わらないだろう。

八百年前に親鸞が「証道いま盛んなり」といった行証も、今日の念仏者にほとんど見られないのである。僧自身、己に行の証《あかし》がないからと、過去の妙好人、たとえば浅原才一や因幡の源左の話をされても、いかがなものかと思われる。それは百数十年も前の山陰の妙好人の話であって、そんな昔話をしても、今日の人にその行証が伝わるとは思えない。

親鸞が善導の言葉「自身教人信　難中転更難　大悲転伝普化　真成報仏恩」の「大悲伝普化」を「大悲弘普化」としたのも、人が大悲を伝えてあまねく教化するのではなく、大悲そのものが弘くあまねく教化することを、念仏を宗《むね》とする者なら再認識すべきだろう。私は人によって仏教に出遇ったと思っていない。蛆の光に導かれて仏教に出遇ったのであった。

＊

浄土真宗が最も重要視する第十八願は、

たとえわれ仏を得たらんに、十方の衆生、至心信楽《しんぎょう》して、わが国に生ぜんと欲ひて、乃至十念せん。もし生ぜずは、正覚を取らじ。

――『大無量寿経』、『聖典』一八頁

とある。法蔵菩薩が、自分が仏になったなら、あらゆる人たちに真実の心を生じさせ、疑いなく喜ぶ心を生じさせ、仏の国へ生まれたいと思う心を起こさせて念仏するように仕向けるだろう。それができないようなら、仏などにならないという願である。

私はここに見る「至心・信楽・欲生」という、いわゆる三心に注目したい。

なぜなら、善導の『観無量寿経疏』によって回心を体験した法然は、『観無量寿経』を根本聖典としていて、「念仏者は必ず三心を具足すべし」と『選択本願念仏集』に明記している。その三心とは「至誠心《しじょうしん》・深心《じんしん》・発菩提心《ほつぼだいしん》」である。発菩提心とは、菩提（悟り）を求める心を起こすことを言うのであるが、この『観無量寿経』の三心と『大無量寿経』の三心は微妙に異なる。この三心の違いが、法然と親鸞の微妙なズレを生む結果になったのではないだろうか。

親鸞は『大無量寿経』を根本聖典として、第十八願にある「至心・信楽・欲生」を三心とみなしていた。発菩提心はあくまでもこちらから菩提を望む立場だが、親鸞は信楽を、弥陀の光明に触れて信心を得た喜びを顕す言葉としてイメージしていたような節がある。〈この光に遇ふものは、三垢消滅し、身意柔軟なり、歓喜踊躍して善心生ず〉といった状態を、信楽の内実とみなしていたのではないだろうか。もしそうであるなら、すでに光に触れているのだから、親鸞の南無阿弥陀仏は「ありがとう」の念仏となる。如来大悲への報恩感謝の念仏となる。

そのように確信するのは、私のささやかな光に触れた体験があったからで、もし私に蛆の光などの体験がなかったら、信心を喜ぶ心も、如来大悲への感謝の心も生じていなかっただろうと思うからである。

しかし、そうは思っても、私一人が勝手に独り善がりしているような感じがして不安であった。

至心・信楽・欲生を具足して歓喜踊躍して生きる人を妙好人と言うのだが、そんな人がこの世にいれば遇いたいものだと思った。

もちろん親鸞のような聖人に遇えるとは思わないが、少なくとも一毛孔の光に触れて今を生きる妙好人が、今日でもおられるのではないだろうかと思った。

法滅の世と言われる今日でも、どこかにおられるような気がした。しかし書物などからこの人はと思って訪ねてみると、がっかりすることが多かった。世に知られる著名な人にそんな妙好人はいるはずはないと思い直したが、縁がないのか遇えなかった。

そんなとき一冊の本に出遇った。

それはスイス人のジャン・エラクルという人が著した『十字架から芬陀利華』という本であった。師はキリスト教（聖アウグスティヌス修道会）の司祭であったが、やがて仏教に関心を持つようになり、禅やチベット仏教を遍歴したのち親鸞の教えに出遇い、カトリック教会を離脱して真宗僧侶になった人である。本にはその遍歴が自叙伝のように記されていた。私は直感的に遇いたいと思った。

たまたまＩＡＢＣ（国際仏教文化協会）のヨーロッパ真宗会議の案内状に、ジュネーブにあるエラクル師の信楽寺を訪問するとあった。信楽寺という寺名にも心が動かされ、参加することにした。ジュネーブのレマン湖に面した建物の一室に信楽寺があった。寺といってもアパートの一室だが、部屋には南無阿弥陀仏の六字名号《みょうごう》が壁に掲げられていた。

「NamoAmitābha」（ナモアミターバー）と合掌して迎えられた時、その顔を見ただけで私は涙が出た。その顔は光顔巍々としておられた。

師は、「私が学んだキリスト教は人間学であった。常に二元論の匂いがして疑いが残った。親鸞聖人のみ教えに出遇ってすとんと心に収まった。それは遠い宿縁であった。私たちのいのちが弥陀の光明に包まれたいのちであり、歓びと報恩に彩られたいのちであることがわかった時、私の永い求道の旅は終点に達したと確信しました」と語られた。

時々「NamoAmitābha」と手を合わされる度に師の体が光に包まれているような感じがした。至心・信楽・欲生を生きる人とやっと会えたような気がした。そして、大悲大慈のこの光に、文化や人種や国境などないことを確信するのだった。

今を生きている人のために――ブッダの教え

仏教は、今を生きている人のために説かれたブッダの教えである。

ブッダが目指したのは、「苦しみや不安は、どうして生まれるのか。なぜ人は苦しむのか。どうすればそれを解決できるのか」、という問いかけから生まれたと言われている。

やがてブッダは人の生・老・病・死を苦であると悟り、生・老・病・死の全過程を安心して生きる道を説いたのが仏教である。

どんなに経済的に豊かになっても、生きる苦しみに変わりはない。

どんなに介護制度が充実されても、老の哀しみに変わりはない。

どんなに医療が進歩しても、病の不安に変わりはない。

どんなに寿命が延びても、死は必ず訪れるのである。

この生・老・病・死の四苦は、二千五百年前も今日も変わらない。むしろ苦しみが大きくなっている。この四苦を解決するためにブッダは出家されたのであった。どんな時代になっても、このブッダの初心をないがしろにした仏道はありえない。

ブッダには仏教を広めようとか、仏教国を築こうとか、そんな意図はなかったように思える。まして巨大な伽藍を造ろうとか、僧伽《さんが》（僧の集団）を形成しようとも思っておられなかったと思う。インドに巨大な仏舎利塔《ぶっしゃりとう》があるが、それはブッダを敬愛してやまない後の世の人が建てたものである。あるいは為政者がブッダの人気にあやかって統治目的に利用したものである。

ブッダ自身は、『ブッダ最後の旅』に見るように、常に無一物《むいちもつ》であった。

領主や金持ちから寄贈された祇園精舎や竹林精舎なども雨季の安居《あんご》（一定期間集って修行する場）に使っただけで、執着も関心もなかったと思われる。

さあ、修行僧たちよ。わたしはいまお前たちに告げよう、――もろもろの事象は過ぎ去るものである。怠けることなく修行を完成なさい。久しからずして修行完成者は亡くなるだろう。これから三カ月過ぎたのちに、修行完成者は亡くなるだろう

この言葉を残した数日後のブッダの行動が『ブッダ最後の旅』に描写されている。

そこで尊師は朝早く、内衣を着け、衣と鉢とをたずさえて、ヴェーサーリー市に托鉢のために入って行った。ヴェーサーリー市において托鉢をして、托鉢から帰って来て、食事を終えて、象が眺めるように（身をひるがえして）ヴェーサーリー市を眺めて若き人アーナンダに言った、「アーナンダよ。これは修行完成者（＝わたし）がヴェーサーリーを見る最後の眺めとなるであろう。……」と。

私はこのさりげなく書かれた文に、驚嘆するのである。

すでにガンジス河流域の全域で尊師と崇められていて、何千という修行者からも崇敬の念で師と仰がれていたブッダが、しかも三か月後に死期を悟ったブッダが、自分の朝食の

ために自ら托鉢に出かけていることである。

後世の僧などは立派な寺院に住んで明日食べる心配もなく、「無一物」と書にして悦に入っている高僧と言われる人もいたが、恥ずべし、痛むべしと言うべきであろう。

人は、言っていることとやっていることが違うと、どんな崇高なことを言っていても信用されないものである。

インドでブッダの再来と今日でも敬愛されているマハトマ・ガンジーは、アヒンサー（非暴力）を宣言した時、「目的が崇高であればあるほど、正しい手段が求められる。目的は手段の集大成にすぎない」と言っていた。その信念を貫いた言動が、イギリスの植民地支配から解放し、インド独立へと導いたのであった。

とかく人間は、目的のために手段を選ばない行動に出ることがある。たとえば、国柱会に入信し、満州事変の発端となった柳条湖事件を画策した一人ともみなされている陸軍参謀石原莞爾が「無意味な戦争はしない方がいい。しかしこの度の戦争は、大東亜共栄圏建設のため、また法華経流布のための聖戦である」といった内容の手紙を妻に宛てている。まさにイスラム原理主義者の聖戦の論法と変わりがない。特に宗教の場合、その目的が最高の善であるから、その手段も善をもってするしかない。親鸞は「念仏にまさるべき善なきゆえに」と言っていた。そんな生き方を求めるのが、仏道である。目的は手段の集大成であることを実証してみせたのがブッダであった。

＊

また、ブッダは自分が教団の指導者であるということを否定している言葉もある。

アーナンダよ。修行僧たちはわたくしに何を期待するのであるか？　わたくしは内外の隔てなしに（ことごとく）理法を説いた。完《まった》き人の教えには、何ものかを弟子に隠すような教師の握拳《にぎりこぶし》は、存在しない。『わたくしは修行僧のなかまを導くであろう』とか、あるいは『修行僧のなかまはわたくしに頼っている』とこのように思う者こそ、修行僧のつどいに関して何ごとかを語るであろう。しかし向上につとめた人は『わたくしは修行僧のなかまを導くであろう』とか、あるいは『修行僧のなかまはわたくしに頼っている』とか思うことがない。向上につとめた人は修行僧のつどいに関して何を語るであろうかここにみるブッダの言葉は、自分が教団の指導者であることを自ら否定している。たよるべきものは、めいめいの自己であると言いたかったのである。この言葉の後に続くのが有名な次の言葉である。

アーナンダよ。今でも、またわたしの死後にでも、誰でも自らを島とし、自らをたよりとし、他人をたよりとせず、法を島とし、法をよりどころとし、他のものをよりどころとしないでいる人々がいるならば、かれらはわが修行僧として最高の境地にあるであろう

私はこの言葉に出遇って、親鸞が「親鸞は弟子一人ももたず候ふ」(『歎異抄』、『聖典』八三五頁)と言った言葉を思い出していた。親鸞もまた、弟子一人持つことなく、伽藍にはど関心を示さず、九十歳で亡くなるまで間借りか庵住まいであった。

私は「なぜ、親鸞なのか」と問われると、この二点をあげて、〈生死出づべき道をば、ただ一すぢに〉(『恵信尼消息』、『聖典』八一一頁)歩かれた親鸞も道の人だったからと答えることにしている。そして、ブッダの遺言通りに法の道を歩かれたからと付け加えることに

している。

＊

法を拠りどころとするということは、如来大悲を拠りどころとすることであり、それは他力思想の根幹でもある。

清浄光明ならびなし　遇斯光のゆゑなれば
一切の業繫ものぞこりぬ　畢竟依に帰命せよ
――『浄土和讃』、『聖典』五五七頁

この「讃阿弥陀仏偈和讃」は見事に親鸞の最終到達点を謳い上げている。ここでの遇斯光とは斯の光に遇った時見る光で、この光とは光（如来大悲）と合一した光顔巍々の光でもある。なぜ光顔巍々を『教行信証』の冒頭に据えたか、それは、〈法を拠りどころにし、他のものを拠りどころにせずにあれ〉と遺言した、ブッダの正意を継承したことになる。親鸞がそのことを意識していたかどうかはわからないが、真摯に仏道を進めば、畢竟依（究極の拠りどころ）へ辿りつくのは必定であろう。

そのことは親鸞八十六歳の時に著された、『自然法爾章』に見てとれる。

無上仏と申すは、かたちもなくまします。かたちもましまさぬゆゑに、自然《じねん》とは申すなり。かたちましますとしめすときには、無上涅槃とは申さず。かたちもましまさぬやうをしらせんとて、はじめて弥陀仏と申すとぞ、ききならひて候ふ。

――『親鸞聖人御消息』、『聖典』七六九頁

無上仏を自然の摂理、すなわち法とみなし、法は色も形もないから、その存在を知らせるために如来するのが阿弥陀仏であるとみなしている。親鸞の最終到達点と言えるだろう。その到達点は、ブッダの「法に従え」と完全に一致する地点であった。

＊

ブッダには死に関しての言葉は残っていない。ブッダは、「死後の世界があるのか、ないのか」とか「この世は永遠なのか、永遠でないのか」とか、「死後に霊魂があるのか、ないのか」などという問いに一切答えないで、「無記」としたと伝えられている。

無記とは、形而上学的な問題については判断を示さず、有るとも無いとも答えないで沈黙を守ることである。無用な論争の弊害を避け、出家時からの初心である生・老・病・死の四苦《しく》からの解放という、本来の目的を見失わないためにとられた立場であった。

ブッダが何も語られなかったことは、「毒矢のたとえ」で巧みに表現されている。

「毒矢に射られ、苦しむ人を前にして、医者が、患者の身分、階級、弓の種類、矢の種類などについて知られない間は治療しないとしたら、その人は死んでしまうであろう」

死後の世界があろうとなかろうと、霊魂の存在があろうとなかろうと、この世が有限であろうと無限であろうと、人は生まれ、老い、嘆き、悲しみ、苦しみ、憂い、悩みながら生きて死ぬ。ブッダは、それらの苦しみを解決して生・老・病・死の全過程を安心して生きる道を指し示すことを、第一義の目的としておられたのである。それは出家の動機ともなった初心でもあった。

正理と法の領域のみを歩いて来られた生死一如のブッダの前には、法の道が続いているだけである。終焉の地クシナーガラへ向かって歩きながら、ブッダはアーナンダにつぶやくように語りかけられた。

アーナンダよ
樹木は美しい
この世は美しい
人のいのちは甘美である

——『大パリニッバーナ経』

あとがき

拙著『納棺夫日記』は一九九三（平成五）年に上梓してから十五年間で、桂書房の『納棺夫日記』と文春文庫の増補改訂版を合わせて、十五万部売れていた。本が独り歩きして一年に一万部ずつコンスタントに売れていた。独り歩きと言ったのは、読者の口伝てでロングセラーとなっていたということである。私は読者に感謝し、有難いことだと思っていた。

ところが映画「おくりびと」がアカデミー賞を受賞すると、予想もしなかった事態が起きた。数週間で四十万部売れたのである。マスコミの影響力に驚くとともに、なんだか不安な気持ちになった。

案の定、インターネットのブログに、マスコミに煽られて衝動買いした読者の感想文が見られるようになった。そのほとんどが、「映画を見て買ったが、がっかりした」とか

「最初はなるほどと思って読んでいたが、後半は難しくてわからなかった」とか、「納棺夫の本かと思って買ったが、宗教書だった。買って損した」とか、中には「宗教のことなど書くな！　金返せ！」といったものまであった。

また、マスコミは当初伏せてあった原作者が私でないかと押し寄せてきた時、記者たちから「なぜ原作者であることを辞退したのか」という質問攻めにあった。私は宗教がカットされたからということを繰り返し答えていた。しかし、紙面に載った記事には、そのことが一行も書かれていなかった。

ＮＨＫの「クローズアップ現代」の取材でもそうだった。三時間もかけて収録したのに、実際に放映されたのは三十秒であった。私は死の実相を知ると必然的に宗教に至ると言って、「人間には宗教が必要なのです。宗教を排除すると、いのちのバトンタッチが失われるのです」といった趣旨のことを三時間も話していたのであった。

私の本を衝動買いした若者も、マスコミの若い記者たちも、宗教に関する知識も興味も持っていないことを知った。そんな人たちを前にして私は宗教のことを熱っぽく語っていたのであった。これが外国から仏教国と思われているわが国の現状だと思うと、私は淋しい思いがした。

鈴木大拙師は、昭和十九年に著した『日本的霊性』の中で、「享楽主義が現実に肯定される世界には、宗教はない」と書き残しておられるが、今日のわが国は快適と快楽に満ちた物質文明社会となっている。大拙師の言葉通り、真の宗教が育たない社会になっているのである。そんな社会にあって、しかも私のような者が、仏法に出遇えたということは奇蹟に近い偶然と言っていいだろう。しかし、仏法に出遇えたと言っても、仏にも菩薩にも成れない縁覚《えんがく》にすぎない。だから、他人に信心をひけらかす必要もない。己一人、その宿縁を慶んでいればよいのである。もちろん、ブータンのような仏教国を望んでいるわけでもなく、宮沢賢治のように娑婆即寂光土の理想郷（イーハトーヴ）を夢見るようなこともしない。ただ、千何百年もかけてわが国に根付いた仏教の思想は、この国の人々に永遠というものを信じさせ、他を思いやる心を養ってきたのにとの思いがあって、それが失われていくことを悲しんでいるだけである。

永遠を信じる心は、この世の事象を丸ごと認める心でもある。その力が衰弱していることを危惧するのである。仏教は「生死一如」「梵我一如」の無分別智《むふんべっち》を説く宗教である。すなわち生死即涅槃と、この世の事象の一切を丸ごと認める宗教である。近代化と称して導入された人間中心の科学的合理思想は、いつの間にか、この世の事象を分けて考える思考を生み、トンボとゴキブリを分けて考えるようになり、トンボはかわいそうと思うが、ゴキブリは叩き殺しても心に痛みも感じなくなった。生と死も分けて考えるようになり、生に絶対の価値を置き、死は悪とみなし排除するようになったのである。その分別知の延長線上に、差別やいじめ、自殺や他殺、テロや戦争を誘発する要因があるように思えてならない。その分別知に欲望が憑依した時、一層危険な状況を生む。それはブレーキの利かない車に乗って、欲望のアクセルを踏み続けて暴走する状態となる。人間の欲望に歯止めはないわけで、グローバル化した市場経済の熾烈な競争は、人口増加とともに、資源獲得のための国家間の戦争を繰り返すことになりかねない。こうした事態を引き起こす人間の欲望に対して、ブレーキの役目を果たせるのは、無我を前提に小欲知足を旨とする仏教しかないと私は確信している。

そのことを人々に気づいてもらう手だてはないものだろうかと思った。しかし、人類の未来より、現在の快適生活を優先させ、目に見えないものは排除する科学的合理思考で構築されたパラダイムの巨大な壁に向かっていくら叫んでも、それは引かれ者の小唄のような虚しい行為のように思えるのだった。

気がつけば、私は今年で七十七歳となっていた。私と同年の人が次々に亡くなって往く報に接する度に、そろそろ書かねばと思った。その気持ちが強くなってきて、この原稿を書き上げたのであった。本の題を『それからの納棺夫日記』としたのは、『納棺夫日記』同様、日記形式ではないが、先の『納棺夫日記』を出してから二十年間、その日の出来事や思索や読んだ本の感想などを書き綴ってきた日記を下地に纏めたものだからである。

しかし、書き上げた原稿を読み返してみると、『納棺夫日記』とさして変わりのないものとなっていた。五十歩百歩と言われても仕方がない。もっと先に延ばそうかとも思ったが、先はそんなに無いような気がした。道の途上であっても、未熟は未熟なりに脱稿することにした。

そんな未熟な原稿の出版を快く引き受けてくださった法藏館の西村七兵衛会長や西村明高社長に心から感謝申し上げたい。

本書を上梓するにあたって、表紙の絵を同郷で旧知の木下晋氏にお願いした。彼は富山市にいた中学生時代からデッサンの天才と称され、今では繊細な鉛筆画で知る人ぞ知る世界的な画家として活躍している。彼に絵を頼んだのは、彼もまた深い闇と悲しみを背負って生きてきたことを知っているからであった。この度、光の中を飛ぶ「トンボ」と、それに手を合わせる「合掌」の絵をお願いしたところ、快く引き受けて素晴らしい絵を描いてくれた。感謝の気持ちでいっぱいである。

最後に満田みすずさんをはじめとする法藏館編集部の皆さんにも、たいへんお世話になった。心からお礼を申し上げます。

ありがとうございました。

合掌

二〇一四年睦月

青木新門

出典・参考文献一覧

浄土真宗教学研究所浄土真宗聖典編纂委員会編『浄土真宗聖典―註釈版―』（本願寺出版社、一九八八年）
仏説無量寿経（本文中では『大無量寿経』と表記）／仏説観無量寿経／仏説阿弥陀経／顕浄土真実教行証文類（本文中では『教行信証』と表記）／浄土・高僧・正像末和讃／一念多念証文／唯信鈔文意／親鸞聖人御消息／恵信尼消息／歎異抄／改邪鈔
『親鸞著作全集』金子大栄編（法藏館、一九六六年）
法然著『選択本願念仏集』大橋俊雄校注（岩波書店、一九九七年）
道元著『正法眼蔵』全四巻、水野弥穂子校注（岩波書店、一九九〇～一九九三年）
『現代訳　正法眼蔵』禅文化学院編（誠信書房、一九六八年）
源信著『往生要集』上・下巻、石田瑞麿訳注（岩波書店、一九九二年）
『新約聖書』（日本聖書協会、一九八七年）
青木新門著『納棺夫日記』（桂書房、一九九三年）、『定本　納棺夫日記』（桂書房、二〇〇六年）
本木雅弘・Silver Insects 編『天空静座―HILL HEAVEN―』（同文書院インターナショナル、一九九三年）
『ダ・ヴィンチ』一九九九年五月号（メディアファクトリー、一九九九年）
堀田善衞著『インドで考えたこと』（岩波書店、一九五七年）

ダライ・ラマ著『ダライ・ラマ自伝』山際素男訳（文藝春秋、一九九二年）
空海著『空海「三教指帰」』加藤純隆・加藤精一訳（角川学芸出版、二〇〇七年）
田中良昭著『慧能―禅宗六祖像の形成と変容―』（臨川書店、二〇〇七年）
丸山真男著『日本の思想』（岩波書店、一九六一年）
中村雄二郎著『人類知抄百家言』（朝日新聞社、一九九六年）
井村和清著『飛鳥へ、そしてまだ見ぬ子へ―若き医師が死の直前まで綴った愛の手記―』（祥伝社、一九八〇年）
エリザベス・キューブラー・ロス著『死ぬ瞬間―死とその過程について―』鈴木晶訳（中央公論新社、二〇〇一年）
マザー・テレサ述『マザー・テレサ―愛と祈りのことば―』渡辺和子訳（ＰＨＰ研究所、一九九七年）
宮沢賢治著『日本詩人全集二〇　宮沢賢治』草野心平編（新潮社、一九六七年）
吉村昭著『死顔』（新潮社、二〇〇六年）
『金子みすゞ全集』全三巻（ＪＵＬＡ出版局、一九八四年）
『新美南吉童話集一　ごん狐』大石源三ほか編（大日本図書、一九八二年）
アンデルセン著『アンデルセン童話集』第二巻、大畑末吉訳（岩波書店、一九八四年）
「神戸連続殺傷事件」『文芸春秋』一九九八年三月特別号（文藝春秋、一九九八年）
『ごおん』石田正實追悼号（正行寺、一九九八年）

『生命の光』一九九六年三月号（キリスト聖書塾、一九九六年）
本多顕彰著『歎異抄入門—この乱世を生き抜くために—』（光文社、一九六八年）
『三木清全集』第一～五巻（岩波書店、一九八四年）
正岡子規著『病牀六尺』（岩波書店、一九八四年改版）
鈴木大拙著『日本的霊性』（岩波書店、一九七二年）
『チベットの死者の書—原典訳—』川崎信定訳（筑摩書房、一九九三年）
良寛著『定本良寛全集』内山知也・谷川敏朗・松本市壽編（中央公論新社、二〇〇六年）
森正隆著『ある日の良寛さま』（探究社、一九八〇年）
『ブッダ最後の旅—大パリニッバーナ経—』中村元訳（岩波書店、一九八〇年）
タゴール著『タゴール著作集』第一巻（第三文明社、一九八一年）

【著者紹介】
青木　新門（あおき　しんもん）
詩人・作家。1937年、富山県（下新川郡入善町荒又）生まれ。早稲田大学中退後、富山市で飲食店「すからべ」を経営する傍ら文学を志す。吉村昭氏の推挙で「文学者」に短編小説「柿の炎」が載るが、店が倒産。1973年、冠婚葬祭会社（現オークス）に入社。専務取締役を経て、現在は顧問。1993年、葬式の現場の体験を「納棺夫日記」と題して著しベストセラーとなり全国的に注目される。なお、2008年に『納棺夫日記』を原案とした映画「おくりびと」がアカデミー賞を受賞する。
著書は、『納棺夫日記』（桂書房、文藝春秋）、『詩集　雪道』『童話　つららの坊や』（桂書房）、チベット旅行記『転生回廊―聖地カイラス巡礼―』（北日本新聞社、文藝春秋）、『いのちの旅』（北國新聞社出版局）ほか。

【装画家紹介】
木下　晋（きのした　すすむ）
画家。1947年、富山県生まれ。1963年（16歳）、最年少で自由美術協会展（東京都美術館）入選。1990年（42歳）、湯殿山注連寺天井画「天空之扉」完成。1999年、東京大学工学部建築学科非常勤講師。現在、金沢美術工芸大学大学院教授、武蔵野美術大学客員教授。10Hから10Bの22段階の濃淡鉛筆を駆使し、モノクロームの光と闇による独自の表現で現代絵画に新たな領域を確立。海外からも高い評価を受ける。
代表作は、「流浪」「無心」「天空之扉」ほか。著書は、『木下晋画文集　祈りの心』（求龍堂）ほか。

それからの納棺夫日記

二〇一四年二月一五日　初版第一刷発行
二〇一四年七月三一日　初版第三刷発行

著　者　青木新門
発行者　西村明高
発行所　株式会社　法藏館
京都市下京区正面通烏丸東入
郵便番号　六〇〇-八一五三
電話　〇七五-三四三-〇〇三〇（編集）
〇七五-三四三-五六五六（営業）

装幀　鈴木正道（Suzuki Design）
印刷　立生株式会社　製本　新日本製本株式会社

ISBN 978-4-8318-6426-0 C0095
JASRAC 出 1316522-403